AI智能版

青少年文学名著阅读系列

快乐读书吧

顾问　顾之川
（著名语文教育专家）

中国神话传说

王　健／编
程爱青／批注

商务印书馆国际有限公司
中国·北京

图书在版编目（CIP）数据

中国神话传说 / 王健编；程爱青批注. -- 北京：商务印书馆国际有限公司, 2024. 7（2024.8重印）.（青少年文学名著阅读系列）.

ISBN 978-7-5176-1100-4

Ⅰ. I277.5

中国国家版本馆CIP数据核字第2024C7W270号

ZHONGGUO SHENHUA CHUANSHUO

中国神话传说

编　　者	王　健
批　　注	程爱青
出版发行	商务印书馆国际有限公司
地　　址	北京市朝阳区吉庆里14号楼 佳汇国际中心A座12层
邮　　编	100020
电　　话	010-65592876（编校部） 010-65598498（市场营销部）
网　　址	www.cpi1993.com
印　　刷	河北星强印刷有限公司
开　　本	787mm × 1092mm　1/16
字　　数	150千字
印　　张	10
版　　次	2024年8月第1版第2次印刷
书　　号	ISBN 978-7-5176-1100-4
定　　价	39.80元

阅读指导与规划

本书是中国神话传说的集合。以浪漫与现实交织的故事表达了普通人的感情和意愿，让我们读懂人类的渺小与伟大。我们可以借助下面的思维导图大致了解本书的主要内容。

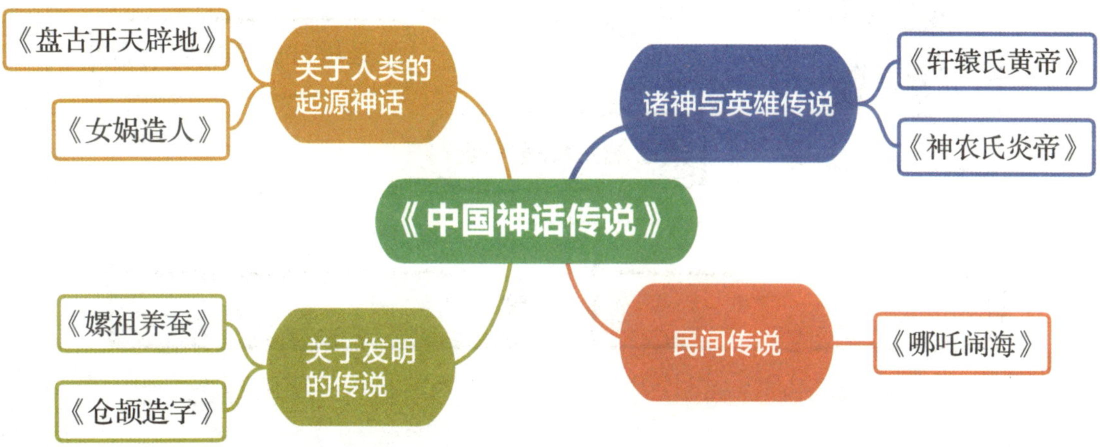

本书还有一些富有趣味的阅读测评等着你来挑战。

阅读贵在坚持，一份激励自己的阅读计划也必不可少。请你按照下面的规划，去畅游奇妙的童话世界吧！

阅读时间	阅读内容
2 天	从《盘古开天辟地》到《神农氏炎帝》
2 天	从《精卫填海》到《啄木鸟的来历》
2 天	从《嫘祖养蚕》到《宁封制陶》
2 天	从《鲲鹏展翅》到《哪吒闹海》
2 ~ 3 天	完成阅读测评和核心素养阅读任务，回顾自己喜欢的故事

前言

摆在广大读者朋友面前的这套“青少年文学名著阅读系列”丛书，包括一至九年级学生的必读图书，是由商务印书馆国际有限公司推出的。这套丛书努力贯彻《义务教育语文课程标准（2022年版）》的基本理念，紧密配合语文教材“快乐读书吧”和“整本书阅读”的推荐阅读书目进行设计，着眼于培养阅读兴趣，掌握阅读方法，养成阅读习惯，拓宽阅读视野，有助于提高学生的语文核心素养和关键能力，进而引导学生多读书、好读书、读好书、读整本书，因而是一套为中小学生量身定做的课外读物。

在我看来，这套丛书具有以下几个特点：

一是科技助力语文学习。丛书最大的亮点，是将最新的数字技术融入语文学习，借助AI智能助手，让数字人智能伴读，可以随时随地为学生答疑解惑。小学必读图书配备全本音频，扫一扫篇章上方的二维码即可收听。同时，还专门邀请小演员拍摄了课本剧。这样一来，阅读就不再是一种额外负担，而是学生学习生活的一部分，让他们感到亲切、有趣、自然，在课外阅读实践中启智增慧，增强阅读的情感熏陶和快乐体验。

二是精准满足读者需求。丛书依托富有教学经验的语文名师团队，精心设计，倾力打造，对从小学到初中的语文学习进行一体化设计、精准式引导。除一、二年级的必读图书外，对阅读文本随文批注，进行精读、精批、精析，同时基于语文学习任务群要求，解读全书，精准指导阅读整本书，深入浅出，洞幽烛微，阐释翔实，切中肯綮。针对中小学生学习需求，小学低年段运用音频，帮助学生识字、掌握字词，然后逐步加深；小学高年段（亦有音频）和初中段配备优秀教师录制的视频课，解决阅读中的疑难问题。选取经典篇目改编为剧本，制作成课本剧，寓教于乐。初中学段还注意萃取相关知识点和能力点，贴近中考命题实际，提供配套资源，增加了丛书的针对性、科学性和实用性。

三是呈现方式新颖活泼。丛书针对中小学生年龄和心理实际，不仅设计了阅读规划、思维导图、活动插页、阅读心得、阅读测评、学习任务群等，还有效运用音频、视频、课本剧等形式。比如，小学必读图书在篇章之间穿插符合本学段学习目标的趣味性阅读活动插页，如“情节七色花”“拼音变魔术”“组字游戏”“量词选一选”等，以游戏化的活动考查，加深对已读章节或篇目在拼音、词汇等方面的理解掌握。这无疑能够充分调动学生的阅读兴趣和参与积极性，在阅读、思考、写作、口语交际等语文实践中，提高相应的能力。

语文是中小学的一门重要课程，通过学习国家通用语言文字，学生可以汲取前人经验智慧，积累知识，增加学识，增长见识，腹有诗书气自华，从而充实内心，让自己变得聪明和强大。语文教学说复杂也复杂，说简单也简单。学好语文，离不开多读书、勤思考、勤练笔、多实践。

尽管新课标提出许多新名词、新理念、新方法，像什么大概念、大单元、大情景，还有什么跨学科学习等，令人眼花缭乱，应接不暇，但在我看来，语文教学无非就是三件事：识字、读书和作文，只要能把这几件事真正做好、落实，也就抓住了根本和关键。在不同学段当然有不同的侧重点。

小学语文首先要从识字抓起，包括认准字形、读准字音、正确书写、掌握字词义，并能灵活运用。学生认识了一定数量的字，必定会自己找书来读，这就自然过渡到阅读。读了书，就会有所思所感，需要合适的宣泄和表达的出口，要么说出来，要么写下来，这就又自然过渡到口语交际和文字写作。不管是口语交际还是文字写作，都是为了表达和交流。只有表达清楚明白，才能达到交流目的。所以小学要做到：字要清清楚楚地写，话要明明白白地说，书（特别是课文）要仔仔细细地读，作业（包括作文）要认认真真地完成。我们特别要注意激发学生的联想力、想象力和创造力。

到了初中阶段，识字已经不再是主要任务，语文教学就要想方设法帮助学生在阅读鉴赏、表达交流、梳理探究上拓展，引导他们读好“三本书”，既要读“有字之书”，也要读“无字之书”和“心灵之书”；写好“两篇文”，即“规矩文”和“放胆文”；养成四个好习惯，即勤于阅读、乐于表达、深入思考和自主学习。

到了高中阶段，就要有意识地培养六大关键能力，即阅读理解、信息处理、应用写作、语言表达、独立思考和综合运用的能力，进一步拓展阅读的宽度、表达的厚度以及思维的深度和广度。需要特别指出的是，在这六大关键能力中，独立思考和综合运用能力尤其重要，它们不仅是学生将来继续深造所需的基本能力，也是他们日后能否创新创造的重要基础。培养独立思考能力，不能靠被动接受理解和记诵式学习，必须具有逻辑思维、批判性思维和辩证思维等高阶思维能力，能够对成说定论质疑探究，对新说多方求证辨析，思考评价也要更加客观理性，不人云亦云，也不剑走偏锋。其中，辩证思维有助于在联系和发展中把握对象，在对立统一中认识事物，全面立体多角度思考问题。综合运用能力，不仅指对语文知识的运用能力、阅读材料的分析能力、语言文字的表达能力等语文综合素养的运用，还体现在语文运用是知识、能力、素养的综合，必须将语文听说读写与社会实践相结合，学用一致，知行合一。不仅要“风声雨声读书声，声声入耳”，还要“家事国事天下事，事事关心”。

这套丛书贴近时代、社会和学生学习实际，贴近学习探索问题情境，并提供了不少具体案例，为学生创造了综合运用的机会，有助于他们在交流中展现才华，在讨论中分享智慧，在争辩中接近真理。我相信，一线教师定能从中受到启发，改进课堂教学，提高教学效率和质量。学生也定能从中对照检查，查缺补漏，进一步夯实语文基础，提高语文核心素养和关键能力。

顾之川

2024 年 5 月 8 日于两不厌居

人物简传

女娲

出处：《女娲造人》《女娲补天》

典型事迹

女娲神通广大，据说她在一天当中能变化七十次。盘古开天辟地以后，女娲感觉世间缺少生气，就用泥土比着自己的样子创造了人，从而缔造了人类社会；她建立了婚姻制度，使青年男女能够婚配和繁衍后代，因此又被世人尊为婚姻女神。

水神共工被火神祝融打败，一气之下撞倒了不周山，导致天塌地陷。女娲不忍人类遭受磨难，炼成五色石补好了天空；她怕补好的天空再坍塌，便又杀了一只大龟，斩下它的四只脚，竖立在大地的四方，代替天柱。她还杀了为害中原一带的恶龙，赶走各种恶禽猛兽，使人类不再受到残害。所以说，女娲不仅是人类的缔造者，也是人类的保护者。

人物简传

夸父

出处：《夸父追日》

典型事迹

为了驱赶冰雪与严寒，给饥寒交迫的人们带来光明与温暖，夸父产生了想要留住太阳的念头。为了追逐太阳，他历尽千辛万苦，足迹遍布东西南北。眼看着就要抓住太阳了，他却被太阳喷射的火焰烤得口干舌燥、难以忍受。为了解渴，他一口气喝干了黄河水，又一口气喝干了渭河水，仍然没有缓解。一个过路人告诉他北方有一个很大的湖泊，内有源源不断的水源。夸父便踏上了去往北方的道路，可最终倒在了寻找湖泊的路上。

夸父死后，他的身躯化作了连绵起伏的山脉，手杖变成了满山的果林，果林结出的果实可供路人解渴。

目录

精读精析

起源神话

诸神与英雄传说

关于发明的传说

民间传说

核心素养阅读任务

精读精析

起源神话

盘古开天辟地

扫码获取音频

引言

盘古用神斧劈开混沌，创造了天和地。为了防止它们合拢，他头顶天，脚踏地，成了一个巨人。有一天，他觉得天地间的结构已经足够稳固，决定休息一下，可倒下后却再也没有起来。盘古死后，他的身体化作了世间万物。

很久很久以前，当天和地还没有分开的时候，宇宙只是黑暗混沌的一团。

人类的老祖宗盘古，就孕育在这黑暗混沌之中。他呼呼地睡着觉，慢慢成长，就这样过了一万八千年。

这天，盘古忽然醒来，却发现什么也看不见，眼前只是漆黑模糊的一片，闷得令人心慌。于是他找到一把大板斧，朝着眼前的混沌用力一

词句赏析

"挥"这一动词写出了盘古毫不犹豫地拿起斧子就劈的气魄；"清—浊""轻—重"是两对反义词，形象地写出了天地初分时的状态。

挥，只听“哗啦”一声，顿时混沌初开。一些清而轻的物质上升，变成了天；另外一些浊而重的物质下沉，变成了地。当初那混沌不分的天地，就这样被盘古划分开来。

天地分开以后，盘古又怕它们合拢，就头顶天，脚踏地，站在了天地当中，并随着它们的变化而变化。每当天升高一丈，地加厚一丈，盘古的身子也增长一丈。就这样又过了一万八千年，天升得极高了，地变得极厚了，盘古的身子也长得极长了。

盘古的身子究竟有多长？有人推算说有九万里那么长。这巍峨的巨人，就像一根长长的柱子，笔直地撑在了天地之间，不给它们重归混沌的机会。

盘古孤独地站在那里，年复一年地坚持着这份辛苦的工作。直到有一天，他认为天地的构造已经足够稳固，不必再担心它们会合在一起了，于是就决定休息一下，谁知他倒下后却再也没有起来。

这时，盘古的周身突然发生了变化：他口里呼出的气变成了风和云，他的声音变成了轰隆的雷霆，他的左眼变成了太阳，右眼变成了月亮，他的手足和身躯变成了大地的四极和五方的名山，他的血液变成了江河，他的筋脉变成了道路，他的肌肉变成了田地，他的头发和胡须变

人物剖析

“头顶天，脚踏地”运用动作描写，生动地表现了盘古伟岸、高大的形象。“又过了一万八千年”写出了天地形成的时间之长，突出了盘古坚持不懈的精神。

人物剖析

运用“撑”“站”等动作描写，并以“孤独”“辛苦”等词来形容盘古站立在天地间的行为，凸显了盘古为了天地的形成而做出的巨大牺牲。

浮想联翩

盘古身体的不同部位变为不同的事物，解释了万物的起源。这一情节充满了神奇的想象。

成了天上的星星，他的皮肤和汗毛变成了花草树木，他的牙齿、骨头、骨髓等，也都变成了闪光的金属、坚硬的石头、圆亮的珍珠和温润的玉石，就连那微不足道的汗水，也变成了雨露和甘霖。总之，盘古用他的全部身躯，缔造和诠释了这个丰富又美丽的世界。

主题辨析

盘古开天辟地，整个身躯化生了万物，他无私奉献，勇于献身，是一个顶天立地的英雄！这个故事也体现了我国古代先民对宇宙万物起源的积极思考。

阅读随记

扫码获取音频

女娲造人

引言

女娲是我国上古神话中的创世女神，她用泥土创造了人，又建立了使人类得以世代繁衍的婚姻制度，因此备受民间百姓的崇拜。

天地开辟以后，先后有了日月星辰和草木山川，但唯独没有人类，不免显得荒凉寂寞。

不知何时，世上出现了一个神通广大的女神，名叫“女娲”。这天，女娲行走在一片莽莽榛榛的原野上，感到非常孤独，于是她便想做些事情，为这世间带来一丝生机。

女娲在一个池塘边蹲了下来，澄澈的池水照见了她的面容和身影：她笑，池水里的影子也对着她笑；她假装生气，池水里的影子也对着她生气。女娲灵机一动：既然有了鸟兽鱼虫，为什么不去创造像自己一样的生物呢？

这样想着，她就顺手从池边掘起一团黄泥，掺和了水，在手里揉捏着，揉捏着，揉成了一个娃娃样的小东西。

紧接着，她把这个小东西放到了地面上。说也奇怪，小家伙刚一接触到地面，马上就活了起来，并且开口就喊：“妈妈！妈妈！”然后就是一阵兴高采烈的跳跃和欢呼，仿佛是在感谢女娲给了他生命。女娲看着她亲手创造的这个聪明可爱的生物，又听见了一声声

“妈妈”，不由得满心欢喜起来。

女娲给她心爱的孩子取了一个名字，叫作“人”。

人的身体虽然小，但据说因为是神创造的，所以相貌和举动也有神的模样，和飞鸟、走兽都不相同，似乎有一种掌控宇宙的非凡气概。

女娲对这优美的作品感到非常满意，于是就继续她的工作，用黄泥做了许多能说会走的可爱小人儿。这些小人儿在她周围欢呼跳跃，嘴里喊着“妈妈”，使她有着说不出的高兴和安慰。从此，她再也不觉得孤独和寂寞了。

女娲不停地工作——造人。但大地毕竟广阔，小人儿的数量远不能达到她的预期，于是她便开始思考新的办法。

这天，她先从崖壁上拉下一根枯藤，然后将它伸入泥潭之中，再搅一搅浑黄的泥浆，最后向地面上挥手一洒。那泥点儿溅落的地方，竟出现了许多欢快活泼的小人儿，他们与先前用黄泥捏成的小人儿别无二致。女娲的周围又瞬间充满了“妈妈”的叫声。

女娲就用这种方法来不断地造人，藤条一挥，既简单又高效。不久，大地便布满了人类的踪迹。

虽然有了人类，女娲的工作却还没有终止。她思考着：人类要是濒临灭亡，难道要再去创造一批吗？如何才能使他们繁衍生息下去呢？

后来，女娲把这些小人儿分成了男女，让男人和女人配合起来，繁衍后代。这样，人类就得以世代绵延下来，数量一天多过一天。

扫码获取音频

女娲补天

引言

水神共工撞断天边的支柱不周山，导致天塌地陷，引发了一场可怕的灾难。女娲不忍人类受灾，于是炼出五色石补好天空，又赶走恶禽猛兽，平息洪水祸患，使人类得以安居。

女娲创造了人之后，人类一直过着快乐幸福的日子，许多年来平安无事。

可是不周山被共工撞断后，世界因此遭受了一场可怕的灾难。

看呀，半边天空坍塌下来，天上露出了一个个丑陋的大窟窿，地面也破裂出纵一道横一道的黑黝黝的裂隙。在这次巨变中，山林燃起了熊熊大火，各种恶禽猛兽从着火的山林里蹿出来残害人类；洪水也从地底喷涌而出，巨浪滔天，大地就要变成汪洋。人类已经无法生存下去，日子别提多难过了！

女娲看到人类承受着这么可怕的灾难，心痛极了。她决定修补残破的天空、平息大地的祸患，把人类从痛苦中拯救出来。

修补天空这项工程真是巨大而又艰难呀！可

词句赏析

“快乐幸福”写出了人类生活的美好状态，从侧面赞美了女娲造人的丰功伟绩。

情节解析

此处详细描绘了天空坍塌后人类面临的巨大灾难，推动了故事情节的发展。

是慈爱的女娲一点儿也不怕艰难和辛苦，勇敢地独自挑起这个重担。

她先在大江大河里拣选了许多五颜六色的石头，把这些石头熔炼成五彩石浆，再拿这些石浆把天上一个个丑陋的窟窿都填补好。虽然补过的地方仔细看有点儿不一样，但是远看就和原来的光景差不多了。她怕补好的天空再度坍塌，便杀了一只大龟，斩下它的四只脚，竖立在大地的四方，代替天柱。这四根天柱把人类头顶上的天空像帐篷似的撑了起来。天柱很结实，从此天空再也没有坍塌的危险了。

词句赏析

“拣选”“熔炼”“填补”三个动词的运用，具体地写出了女娲补天的复杂过程。

那时，中原一带有一条凶恶的黑龙危害人类，女娲便杀了那条黑龙，又赶走了各种恶禽猛兽，使人类不再遭受禽兽的残害。

剩下的只有洪水的祸患没有平息。女娲便把河边的芦草烧成灰，堆积起来，堵住了滔天的洪水，又填平了被洪水冲击出来的沟沟壑壑。

由水神共工惹出的这场灾祸，总算被伟大的女娲一手平息了。人类也终于死里逃生，得到了拯救。

这之后，大地上又恢复了欣欣向荣的景象。春、夏、秋、冬四个季节依次循环，周而复始，夏天炎热，冬天寒冷，一点儿也不出乱子。很多恶禽猛兽死去了，剩下的动物也渐渐变得性情温顺，和人类成为朋友。原野里长满了天然的食物，任谁只要花点儿力气，就可以吃个饱足。人类快乐地生活着，天真烂漫，无忧无虑。

词句赏析

成语“欣欣向荣”形象地概括出女娲补天后大地上生机勃勃的景象。

主题辨析

女娲补天是我国古代先民在面对自然灾害时的一种浪漫想象，折射出他们战胜自然的艰辛历程，歌颂了人类勇敢、乐观的精神，表达了先民对幸福生活的向往。

词语补给站

姓　　名：

年　　级：

阅读日期：

在阅读《女娲补天》这个故事的过程中，你发现了哪些有新鲜感的词语或句子？请摘录下来，并说明摘录的理由。

令人耳目一新的词语：

感到新鲜的理由：

令人耳目一新的句子：

感到新鲜的理由：

扫码获取音频

仙 山 传 说

引言

归墟里面有五座仙山，它们都漂浮在大海上，下面没有生根，一遇风波便漂流不定。天帝知道了这件事情，便叫海神禺强派十五只大龟用背把五座仙山驮起来，这样一来，仙山便稳定了。然而有一年，龙伯国的巨人来到这里，无意间把其中六只大龟钓走了，导致两座仙山沉没，而另外三座仙山则安然无恙，就这样度过了几万年。

残破的天地虽然被女娲修补好了，但终究不能完全恢复原来的状貌。据说，从那以后，西北的天空就略有点儿倾斜，所以太阳、月亮、星星都不自觉地要朝那边跑，落向倾斜的西天；东南的大地陷下了一个深坑，所以大川小河里的水也都不由自主地要朝东南奔流，将水源源不断地灌注到那里，就形成了海洋。

因此，人类有了这样的担心：大川小河的水，这么天天地向海洋灌注，难道海洋就没有涨满的一天吗？如果涨满了，海水漫出来，怎么办呢？人类岂不是又要遭殃了？

其实这种担心是完全没有必要的。据说在渤海的东边，不知道几亿万里的地方，有一个大壑。这个大壑有多深呢？它深得没底，名叫“归墟”，百川和海洋里的水，统统往那儿流。归墟里面的水总保持平衡的状态，既不增加，也不减少。既然有这么个无底大壑来容纳百川和海洋之水，人类自然就用不着担心了。

归墟里面有五座仙山，就是岱舆、员峤、方壶、瀛洲、蓬莱。每座仙山高三万里，方圆也是三万里，山和山的距离是七万里。山上有黄金打造的宫殿，白玉筑成的栏杆，是神仙们安乐的家。那里所有的飞禽走兽都是白色的，到处都有着奇特的树。这些树也开花结果，结的果子是美玉和珍珠，味道很不错，吃了可以长生不老。神仙们都穿着纯白的衣裳，在波涛汹涌的海面上，在碧蓝如洗的高空中，像鸟儿一样自由地飞翔着。神仙们往返于五座仙山之间，探望他们的亲戚朋友，生活快乐而幸福。

在这快乐幸福的生活中，只有一桩事情不妙：原来这五座仙山都漂浮在大海上，下面没有生根，一遇风波便会漂流不定，这对于神仙们彼此往来，颇有不便。

有了这样的困难，神仙们就派代表到天帝那里去诉苦。

天帝了解情况后，也担心几座仙山漂流到天边去，使得诸神无处可住，便叫海神禺强派十五只大龟到那里，用背把五座仙山驮起来。三只大龟为一组，一只大龟驮着仙山，其余两只在下面守候，每六万年交换一次，轮流负担。

这样一来，仙山稳定了，住在山上的神仙们都欢天喜地、平平安安地过了很多年。

不料有一年，一个龙伯国的巨人来到这里，无意中闹出了大乱子。

这个巨人闲得有些发闷，便带了一根钓竿到大洋中钓鱼。走了没有几步，这几座仙山便让他周游遍了。他举起钓竿一钓，哎呀，六只大龟被他接二连三地钓了上来。他不管三七二十一，背着乌龟就回家去了。他哪里知道，这六只大龟担负着稳定岱舆和员峤两座仙山的重任。没有了大龟，两座仙山可遭了殃。它们失去稳定，一直漂流到北极，沉没在大海里了。住在这两座仙山上的神仙们都慌慌忙忙地搬了家，带着箱笼帐被在天空中飞来飞去，累得满头大汗。

天帝知道这件事情后，大发雷霆。他把龙伯国的土地削小，把龙伯国人的身材缩小，以免他们再出去到处惹祸。到了伏羲、神农的时候，龙伯国人的身材虽然已经缩到无法再缩了，但在当时一般人看来，他们还高达好几十丈呢。

归墟里的五座仙山，沉没了两座，还剩三座，也就是蓬莱、方丈（即方壶）和瀛洲。剩下的那些大龟还在用它们的背背负着仙山。在以后的很多年，再没听说出过什么乱子。

阅读随记

环境描写

姓　　名：

年　　级：

阅读日期：

环境描写指的是对人物所处的具体社会环境和自然环境的描写。在文学作品中，环境描写起着很重要的作用。

- 环境描写
  - 自然环境：自然界的景物，如季节变化、风霜雨雪、山川湖海、原野森林等
  - 社会环境：能反映社会、时代特征的场所、建筑、陈设及民风民俗等
  - 作用
    - 烘托人物形象
    - 渲染气氛
    - 推动情节发展
    - 体现人物心理
    - 交代社会背景
    - 揭示人物性格
    - 增加故事真实性

请你在《仙山传说》中选择一处环境描写的句子，摘录下来，先判断它是自然环境描写还是社会环境描写，再试着分析它的作用。

摘录：

判断：

作用：

扫码获取音频

伏羲画卦

引言

传说伏羲时常盘坐在卦台山巅，仰观日月星辰，俯察山川风物，苦思宇宙的奥秘。有一天，伏羲捕鱼时捉到一只白龟，还碰到一个怪物，他见怪物背上的花纹奇特，便将花纹记下。伏羲仔细研究花纹时，白龟突然游到他面前。看到白龟龟壳，八卦图陡然映入伏羲的脑海之中，他顿时目光如炬，洞悉了天地万物的变化规律。

传说伏羲因为发明八卦[①]，被世人奉为天神，并被尊为八卦祖师。远古时代，人对大自然知之甚少。天气变化、日月运转、生老病死，所有这些现象，谁也不知道是怎么回事。人们遇到无法解答的问题，都问伏羲，伏羲解答不了时，人们更感到茫然，每天提心吊胆地过日子。伏羲经常环顾四方，揣摩着日月经天、斗转星移，猜想着大地寒暑、花开花落的变化规律。他看到中原一带蓍草[②]茂密，便开始用蓍草为人们卜筮。

有一天，伏羲在蔡河里捕鱼，捉到了一只白龟。他赶紧挖了一个大水池，把白龟养了起来。一天，伏羲正在往白龟池里投放食

① 八卦：我国古代一套有象征意义的符号。相传为伏羲所创，后用来占卜。

② 蓍（shī）草：多年生草本植物，我国古代用它的茎占卜。

物，有人跑来说蔡河里出了怪物。他赶到蔡河边一看，只见那怪物说龙不像龙，说马不像马，在水面上走来走去，如履平地。伏羲靠近水边，怪物竟然来到伏羲面前，老老实实地站在那儿一动不动。伏羲仔细审视，见怪物背上长着奇特的花纹：一、六居下，二、七居上，三、八居左，四、九居右，五、十居中。伏羲薅一节蓍草梗，在一片大树叶上将怪物背上的花纹画了下来。他刚画完，怪物便大叫一声，腾空而起，瞬间消失了。大家围住伏羲问："这是什么怪物呀？"伏羲说："它像龙又像马，就叫它'龙马'吧。"

伏羲拿着那片树叶，琢磨上面的花纹，怎么也解不开其中的奥秘。这天他坐在白龟池边思考，忽听池水哗哗作响，定睛一看，白龟从水底游到他面前，两眼亮闪闪地看着他，接着向他点了三下头，脑袋往壳里一缩，卧在水边不动了。伏羲面对白龟，聚精会神地观察起来。渐渐地，他发现龟壳上的花纹是中间五块，周围八块，外圈十二块，最外圈二十四块。他顿时明白了，悟出了天地万物的变化规律：唯一阴一阳而已。于是，伏羲根据龟壳的图案画出了八种不同的图案，即八卦图。

诸神与英雄传说

扫码获取音频

燧人氏[1]钻木取火

引言

燧人氏为了让人们能一直生活在有火的环境里，历尽千辛万苦，终于获得取火的方法。有了稳定的火源，人们就可以吃上熟的食物，不再茹毛饮血；还可以用火取暖，抵御严寒和野兽。这个故事告诉我们：无论什么时候，我们都要坚定信念，发挥自己的聪明才智，用双手去创造美好的生活。

在很早以前，人们是害怕火的。因为树林里经常会有被闪电劈中的树木起火，那火势很吓人，而且总会有一些野兽被火吞噬。不过这样的事情见得多了，人们也就慢慢卸下了恐惧，尤其是在偶然的机会下，人们吃到了被火烤熟的野兽，发现熟肉的味道比生肉美味得多。从那以后，人们便用火来烤东西吃，结束了茹毛饮血的时代。

后来，人们发现火不仅可以把生的食物烤熟，还可以取暖、驱逐野兽，有了火，人们就不会挨饿、受冻，所以人们把火奉为神灵

① 燧（suì）人氏：我国古代传说中的人物。传说他发明钻木取火。

一般。但是大自然中的火并不长久，用不了多长时间就会熄灭，而下一次的火又不知道什么时候会来，所以人们便想办法保存火种。

可是保存火种在当时并不是一件容易的事情，大家不仅要轮流看护火种，而且稍有不慎，火种就会熄灭。这样的日子很难熬，让人看不到尽头。后来，有一个年轻人，看着人们为火种所累，他发誓一定要找到取火的方法。

为了找寻取火的方法，年轻人开始周游世界。他不停地走啊走啊，一直走到了连太阳和月亮都照不到的地方。他继续往前走，忽然看见前面又像白昼一样明亮了，他很奇怪，连忙走过去。原来，他来到了燧明国。

燧明国是一片洪荒之地，太阳的光芒和月亮的光辉都无法到达这里，终年不见天日，昼夜不分。

这里生长着一种高大无比的树，人们将其称为“燧木”。燧木的树枝向四面伸展，甚至伸展到几十里以外的地方，它的枝叶遮天蔽日，几乎密不透风。

虽然燧明国常年见不到日月之光，但这里并不是漆黑一片。因为燧木树下长久地闪着火光，这些火光就像无数个小太阳一样，把树下的世界映照得分外明亮，如同白昼，所以燧明国人的生活丝毫不受影响。

当年轻人看到燧木树下的奇异景象时，不禁暗下决心：一定要把这火光的来源弄清楚。于是他便在树下找了一块空地，开始仔细观察。

很多天过去了，他什么也没有看到，正要无功而返时，忽然，他发现树的附近有一种大鸟，这些鸟长着橘红色的长喙，脊背上的羽毛是墨黑的，腹部的羽毛是雪白的，长着像弯钩一样的利爪，在大树的枝杈间跳来跳去。它们有时会发现树洞，然后就用长喙不停地啄树洞里的虫子吃，每当它们的长喙和树干接触的时候，树干就会发出一闪一闪的光芒。

年轻人由此受到了启发，他想：是不是也可以用这种方法取得火种呢？于是，他开始试验。他找来一些干树枝，像大鸟那样钻燧木的树干，结果真的出现了一闪一闪的亮光。虽然这些亮光还不足以成为火，但是他想，既然能用这个方法钻出亮光，那么也一定能钻出火。

于是，他从四处找来各种干树枝，不停地做试验。经过不断努力，他终于钻出了火。他毫无保留地将这种取火的方法教授给其他人。从此，人们再也不用担心火种熄灭了，再也不用吃生肉，也再不用害怕野兽的袭击了。

人们学会了钻木取火的方法以后，火被充分利用起来，改变了人类的生活。从此以后，人们可以永久享受火带来的光明和温暖。年轻人也因此受到后人的敬仰，被尊称为“燧人氏”。

扫码获取音频

轩辕氏黄帝

引言

轩辕氏黄帝以统一华夏的伟绩而被载入史册。黄帝播百谷植草木，大力发展生产，制衣冠，建舟车，造音律，创医学，促进了人类社会的发展。围绕他的精神品格和卓越功绩，民间诞生了大量关于他的神话传说。

在远古时代，有一个小国叫有熊国，国王叫少典。当时，有熊氏与有蟜氏[①]世代互通婚姻，少典便娶了有蟜氏的女儿附宝为妻。有一天，少典和附宝扛着翻土的工具木耒[②]去田间种地。他们正走着，天空突然暗淡下来，像是夜晚来临。附宝抬头仰视，看见一道闪闪发亮的电光像蛇一样绕着北斗枢星旋转。刹那间，大地罩上了一层浓重的青光。附宝觉得腹部有什么东西猛地一动，吓得她大喊大叫，少典急忙回头询问，她却说没有什么。从那以后，附宝就怀孕了。经过二十四个月，附宝生下了一个男孩。孩子降生的

词句赏析

这里运用环境描写，描绘了白天突然变成黑夜的奇特天象，渲染了神秘的氛围。

词句赏析

此处运用比喻的修辞手法，把电光比作蛇，生动形象地写出了电光围绕北斗枢星旋转时的情景。

---

① 有蟜（jiǎo）氏：上古神话传说中炎黄二帝的母族。

② 耒（lěi）：古代农具，形状像木叉。

时候，一片紫气弥漫在周围。孩子刚生下来就会说话，非常机灵。这个孩子就是黄帝。

黄帝最初的神职是司风雨雷电，后升任中央大帝。他天生四张面孔，能同时注意东南西北四方动静，天上和人间的任何事情，都逃不过他的眼睛。

> **人物剖析**
> 这是对黄帝的外貌描写，他的四张面孔能同时注意东南西北四方的动静，凸显了他的与众不同。

钟山之神烛阴的儿子——人面龙身的鼓，勾结人面马身的凶神钦䲹[①]，将一个叫葆江的神诱骗到昆仑山南坡偷偷杀害了，并且毁尸灭迹，想要掩盖罪行。但是，这整个过程被黄帝清清楚楚地看在眼里。为了伸张正义，他派遣天杀星下凡，千里缉凶，在钟山东面的瑶崖追上那两个恶徒，把他们一起处斩，为可怜的葆江报了仇。

> **人物剖析**
> 此处详细描写了黄帝派人处斩恶徒的经过，体现了黄帝办事公正、守护正义的性格特点。

人面蛇身的天神贰负，受他的家臣危的唆使，杀害了同是人面蛇身的国主猰貐[②]。这件事黄帝也看到了，他命令四大神捕擒下贰负主仆，将贰负处以绞刑，并把他的尸身扔在鬼国东南；又用危的头发做绳索，把他的双手反绑住，再用镣铐锁住他的右脚，将他拴在西方疏属山顶的大树上，判他永远不得离开。

除了四张脸，黄帝的整个外形恰似一只充满空气的牛皮囊，颜色金黄，隐隐闪烁赤光。他长

> **词句赏析**
> 运用比喻的修辞手法，把黄帝的外形比作充满空气的牛皮囊，突出了他长相的古怪。

① 钦䲹（péi）：古代神话传说中的神名。

② 猰貐（yàyǔ）：古代传说中的一种吃人的猛兽。

有六条腿、四个翅膀，看不清面孔。该精明时，他四面八方，明察秋毫；该糊涂时，他虚怀若谷，大智若愚。黄帝的厉害之处正在于此，别的神灵想学也学不来。

黄帝的聪明过人，还表现在他运用六十四卦[①]的原理，为后人留下了许许多多宝贵的财富。

情节解析

此段是过渡段，起承上启下的作用，承接上文对黄帝聪明过人的介绍，引起下文黄帝运用六十四卦原理为后人造福的事情。

在远古时代，人们没有穿的东西，黄帝便发明了衣服，送给人们遮体御寒。湖泊、河流阻碍了人们远行，黄帝便找来又粗又长的木头，把中间挖空放在水上，做成船；又找来木头劈削成有柄的木片，做成桨。从此，人们不仅可以用船渡河，还可以漂洋过海。

那时候，成群结队的野牛、野马横冲直撞，经常危害人类。黄帝教人们驯服野牛、野马的本领。于是，人们逐渐学会了驯养野马、野牛，让马替人运载货物，让牛为人耕耘田地，大大增强了生产能力。

黄帝还善用弓和箭。他用弓箭打猎、杀敌，威力很大，几十步之外就可以射杀目标。黄帝的军队也因此军威大振，所向披靡，天下无敌。

经过漫长的征战，黄帝终于收服了天上的各路神仙和人间的各个部落，一统天下。

主题辨析

黄帝不仅除恶扬善，还发明衣服、船和桨，善用弓箭等，教会人类驯服动物的技能，为人类文明的发展立下了汗马功劳。有关黄帝的神话传说体现了远古先民征服自然的功绩。

① 六十四卦：八卦互相搭配得六十四卦，用来象征各种自然现象和人事现象。

黄帝战蚩尤

扫码获取音频

引言

九黎部落首领蚩尤不愿归降于黄帝，他联合夸父部落攻打黄帝。黄帝得到九天玄女的帮助，最终战胜了蚩尤。蚩尤被诛杀，他脚上沾有鲜血的镣铐被扔到荒野之中，镣铐落下的地方长出了一片枫树林。

远古时代，部落首领们依靠战争来争夺势力范围，黄帝和炎帝也不例外。

在一场大规模的战争中，黄帝打败了炎帝，炎帝迫不得已退守到南方。

九黎部落却一直不愿归降于黄帝。部落首领蚩尤[①]天性勇猛，号召力强，他一直咽不下这口气，总想找机会打一场翻身仗，而蚩尤部落的人和他的想法一样，都愿意听从他的号令。

于是，蚩尤部落的人就去夸父部落寻求帮助，想和他们一起战胜黄帝。但是夸父部落的族人意见不合，既有支持的，也有反对的。最后，那些想为蚩尤部落出口气的人加入了对抗黄帝的队伍。

蚩尤部落有了夸父部落的帮助后，如虎添翼，壮大起来，甚至

① 上古时期，蚩尤带领九黎氏族部落在中原一带兴农耕，冶铜铁，制五兵，创百艺，明天道，理教化，为中华早期文明的形成做出了杰出贡献。相传他面如牛首，极为勇猛，十分善战，是我国古代神话传说中当之无愧的战神。

可以和黄帝部落抗衡了。

黄帝一方面不满夸父部落援助蚩尤，另一方面也确实找不到打败蚩尤的好办法，所以连续吃了几次败仗之后，沮丧的黄帝索性跑到山顶上闭目养神，把管理军队的权力暂时交给了力牧。

当黄帝在山顶上思考如何打败蚩尤部落和夸父部落时，从天上飞来了一个人首鸟身的女人。这个女人名叫九天玄女，是天上得道的神仙。九天玄女见黄帝愁眉不展，便想帮助他。

黄帝正犯愁不知道怎么办，听她说明来意，喜不自胜。黄帝谢过九天玄女之后，向她虚心学习了多种克敌的方法。

黄帝从九天玄女那里领受了兵法后，指挥军队有了章法，常常让敌人摸不着头脑。他还得到了一把利剑。有了兵法和武器的双重帮助，黄帝的部落士气高涨，没用多久就扭转了战局。蚩尤部落和夸父部落虽然勇猛无比，却缺少智慧，所以在战争中节节败退。

在最后一场战争中，黄帝将蚩尤部落和夸父部落仅存的一小部分力量团团围住。黄帝派出应龙在空中飞舞，并且发出慑人的叫声，将已经无计可施的蚩尤族人和夸父族人一个一个地杀死。而那个勇猛的首领蚩尤，也被包围上来的黄帝族人活捉了。

后来，蚩尤被黄帝诛杀。蚩尤被杀的时候，手脚上戴着镣铐。他死后，黄帝族人将沾上鲜血的镣铐取下来，扔到了荒野之中。

不知什么时候，在镣铐落下的地方长出了一片枫树林。每到秋日，天气转凉之时，每一片枫叶都变成了血红色，似乎在诉说着蚩尤战败的哀伤。

共工[1]怒触不周山

扫码获取音频

引言

水神共工与火神祝融一直势不两立，经常发动战争。共工浇灭了神火，祝融怒不可遏，誓要战胜共工。共工节节败退，损失惨重，气急败坏地撞断了用来支撑天地的不周山，给天地之间带来了灾难。

水神共工和火神祝融一直势不两立，他们动不动就会发动一场战争。

一次，共工又去找祝融的麻烦，他让大将相柳、浮游负责冲锋。这两员大将冲进火神祝融的寝宫——光明宫，将那里供奉的经久不灭的神火浇灭了。神火一灭，整个世界陷入了一片黑暗之中。祝融不得不出来迎战，他驾着一条火龙在空中飞舞，所到之处漆黑散去，暴雨骤停，整个大地又重现了光明。

共工大发雷霆，命令相柳和浮游引五湖四海之水，全部倾入祝融那一边。这些水顿时像一条水龙一般，从空中倾泻而下。白云被冲散，神火又一次被浇灭了。

可是洪水一退，神火就又烧了起来。祝融又请来了风神，神火有了风的助攻，熊熊燃烧起来，直奔共工的队伍而去。共工想再引

① 共工：又称共工氏，是中国古代神话中的水神。“共工怒触不周山”又名“共工触山”，与“女娲补天”“羿射九日”“嫦娥奔月”并称中国古代四大神话。

水抵御神火的侵袭，无奈水泻千里，已经无还手之力了。神火如长龙般呼啸而来，共工的队伍被烧得一塌糊涂。

没办法，共工只能率领整个队伍边战边退，逃回了自己海底的老巢。他原以为祝融见到这一片汪洋，就会知难而退，自己正好也养精蓄锐，准备来日再战。可他没想到，这次祝融下定了决心，一定要战胜他。只见祝融骑着火龙出现在海面上，火龙飞到之处，海水不由向两侧避让，形成一条宽阔的水路，祝融便沿着这条水路一直追到水宫。共工没办法，只能硬着头皮出来迎战。

最终，代表光明的火神祝融赢得了战争的胜利。共工损失惨重，不仅大将浮游战死，相柳逃得不知去向，共工自己也备受重创。他无心恋战，狼狈地逃向天边。祝融的队伍一直紧追不放。不周山近在眼前了，共工眼看着就要被追兵赶上，他气急败坏，一头朝不周山撞了过去。共工正好撞在了山腰上，只听轰隆一声巨响，不周山竟从中间断开了。

不周山是用来支撑天边的柱子，这一断可不得了，半边天塌了下来。一时间，天河涌泻，洪水泛滥，天地之间如同地狱。

神农氏炎帝①

扫码获取音频

引言

炎帝得到神鸟带来的谷穗，教会了人们开垦土地、种植作物，使人们衣食无忧，因此被尊称为“神农”。炎帝眼见人们的生命受到疾病的威胁，就四处寻找能治病的药草，他不仅用神鞭了解药草的药性，还亲尝百草，所以又被奉为“医药之神”。相传，他还设立了最初的集市，发明了弓箭、陶器等，为人类发展做出了巨大贡献。

炎帝是一位宽厚仁慈的部落首领。他治理天下的时候，告诫人们要利用自己勤劳的双手来谋生。那时候，人类的繁衍生息非常迅速，大地上自然生长的食物已经不能满足人们的所有需求了。

炎帝让人们先把土地开垦出来，让土壤变得稀疏蓬松，然后他开始到处收集种子。有时候天空中会散落下来很多植物的种子，他便把这些种子收集起来，种到地里。蓬松的土地很利于种子的生长。一次，一只全身长着红色羽毛的神鸟从

词句赏析

“宽厚仁慈”一词概括出炎帝的性格特征。

人物剖析

炎帝让人们开垦土地，自己则到处收集种子，这说明他已有了种植农作物的想法，体现了他善于思考、积极进取的特点。

① 神农氏炎帝并不是前文所说与黄帝大战的炎帝。炎帝并非某一个人，而是上古姜姓部落首领的称号。

炎帝的头顶飞过，嘴里叼着一截谷穗，谷穗上的谷粒掉落到地上，炎帝赶忙把它们收集起来，种到地里。

后来，炎帝收集到的这些谷粒在开垦好的土地上迅速生长起来，到了收获的时节，人们便把这些粮食储存起来，然后在土地上再一茬一茬地种植作物，收获粮食。粮食充足了，人们便再也不用忍饥挨饿，他们生活得安定、幸福。

那时候，人们生活在各个部落里，有什么事情大家一起参与。部落里面既没有主人，也没有奴隶，大家的地位都是平等的，收获的粮食、捕捉的猎物都是平均分配给每一个人。

炎帝为了人们能过上更加富足的生活，一直不懈努力着。他教会人们种植作物以后，又让太阳尽其所能地给大地带来光和热。大地温暖了，作物生长得更迅速了，人们在温暖的气候里生活得越来越舒服。就这样，在炎帝的带领下，人们衣食无忧。为了感念炎帝做出的贡献，人们都尊称他为“神农”。

词句赏析

这段是过渡段，既承接上文，又引出下文炎帝为了人们的健康问题到处寻找药材的情节。

虽然人们学会了种植作物，不用再过茹毛饮血的生活，但是远古时代的生存条件还是很恶劣，人们的身体经常会出现问题，生命常常受到疾病的威胁。于是，炎帝就到处寻找能治病的药材。

炎帝有一根神鞭，只要用它鞭打山上生长的

各种药草，药草有毒还是无毒，热性还是寒性，都能清晰地显现出来。炎帝知晓了药性后，再用这些药草对症下药，很多病人都得到了治疗。

除了用神鞭来了解药草的药性，炎帝还经常自己试药。他采到药草以后，亲自尝试，以此来判断药性。有一次，炎帝因在一天之内亲尝多种药草，以致中毒。正因为炎帝遍尝百草，救助百姓，人们称他为“医药之神”。

除了以上这些功绩，炎帝还设立了最初的集市，部落与部落之间可以通过集市进行物物交换，人们可以将自己的东西和别人互换。在集市上，有用粮食换取野兽皮毛的，有用贝壳换取石头的，总之，人们通过物物交换各取所需。

那时候没有钟表，人们一直是日出而作、日落而息，所以也就对时间没有任何概念。集市设立以后，人们发现没有时间观念很麻烦，因为每个人都不可能整天待在集市里。于是，大家约定太阳直射头顶的时候就开市，太阳落山的时候就散市。人们将这种计时方法一直沿用下来，再也不用担心时间会出现偏差。

此外，炎帝还发明了弓箭，制作出五弦琴和陶器。炎帝为人类的生存和发展做出了不朽的贡献。

人物剖析

炎帝亲自尝试采来的草药以判断药性，体现出他敢于尝试、不怕牺牲的精神。

主题辨析

炎帝教民垦荒，种植粮食作物，亲尝百草，治病救人，设立集市，发明弓箭，还制作出了五弦琴和陶器。这个故事在一定程度上反映了当时的社会发展水平，同时也展现了远古时期人们不断探索和总结农耕技术、医术的艰难过程。

人物事迹轴

姓　　名：

年　　级：

阅读日期：

阅读《神农氏炎帝》这个故事，参照示例，梳理炎帝的主要事迹。

示例

扫码获取音频

精 卫 填 海

引言

精卫原是炎帝的女儿，叫女娃。有一天，她去东海玩，却遭遇风暴，不幸葬身大海。女娃的魂魄变成了鸟，名字就叫作“精卫”。精卫去西山衔来石子和树枝，一次又一次投到大海里，想要把东海填平。晋代诗人陶渊明写诗说：“精卫衔微木，将以填沧海。”后来人们常用“精卫填海”这个成语比喻意志坚定，不畏艰难，努力奋斗。

相传，在发鸠山上生活着一种叫“精卫”的小鸟。精卫的身形像乌鸦，头上生有花纹，长着白色的嘴和红色的爪子。精卫总是发出“精卫！精卫！”的声音。

精卫本是炎帝的小女儿，名叫女娃。她活泼伶俐，聪明漂亮，非常讨人喜欢。有一天，女娃到东海游玩，在海边嬉戏，她跑啊，跳啊，玩得高兴极了。忽然，海上刮起了一阵狂风，直刮得天昏地暗，还掀起了惊涛骇浪，巨大的浪排山倒海地扑向女娃，一下子就把她吞没了。风平浪静之后，女娃的亲人们对着大海悲痛地呼唤、寻找，却再也见不到她那可爱的身影。

但是，女娃并不甘心就这样死去，她的魂魄化作一只美丽的小鸟，名叫“精卫”。精卫只要听见大海的咆哮声，看见大海翻腾的浪花，她的心中就怒火万丈。

精卫怨恨大海凶残无情地夺去了她年幼的生命，所以她常常飞到西山去衔来小树枝、小石子，投到大海里，想把大海填平。大海对她的行为不屑一顾，嘲笑她说:“就凭你这么个小不点儿，还想跟我斗！”但是倔强的精卫立下誓言：永远不喝东海的水，一定要把无情的大海填平，让它再也不能危害其他人的生命!

日复一日，年复一年，无论是风和日丽，还是雷电交加，她都这样往复飞翔，不停地填着大海……

阅读随记

扫码获取音频

天女散花

引言

盘古临终前嘱托女儿花神种植百花来点缀天庭、给江山添美。花神遵从父亲的嘱托，向西取净土，向东、向南、向北取来真、善、美三潭里的水，精心育花，终于百花盛开，把天庭点缀得特别漂亮。花神又请玉帝唤来一百名仙女，封为百花仙子，让她们将花瓣撒向人间。这些花瓣飘落九州，落地生根，于是人间便有了百花。

传说盘古有两个儿子、一个女儿。他开天辟地以后，叫他的大儿子管天上事，人称“玉帝”；叫他的二儿子管地上事，人称“黄帝”[1]；叫他的女儿管百花，人称“花神”。

盘古开天辟地用力过猛，伤了五脏六腑，他临死时，把女儿叫到跟前，拿出一包种子，说：“这是一包百花种子，交给你了。你往西走二万二千二百二十二里，那里有一座净土山，你可取净土一担，摊在天石上，把百花种子种在净土里。然后你再往东走四万四千四百四十四里，那里有一潭真水，你可取真水一担，浇灌百花种子，百花种子就会发芽出土。你再往南走六万六千六百六十六里，那里有一潭善水，你可取善水一担，喷洒花苗，花苗会结出花苞。然

① 关于黄帝的传说有很多，还有一种说法说他是盘古的儿子。

后，你再往北走八万八千八百八十八里，那里有一潭美水，你可取美水一担，滋润花苞，这样就会开出百样的花朵。你用这些花给你大哥点缀天庭，给你二哥的江山添美。”盘古说完就死了，尸体随后化为一座盘古山。

花神按父亲的嘱咐，往西走了二万二千二百二十二里，取了净土一担，摊在天石上，播上了百花种子；向东、向南、向北分别走了四万四千四百四十四里、六万六千六百六十六里、八万八千八百八十八里，取来真、善、美三潭里的水，精心育花。果然，百花怒放，好看极了。她高兴地报告玉帝，玉帝便随着妹妹前来观赏百花，他高兴地说：“妹妹不辞劳苦，育出百花，用百花美化天庭，天庭不就成花园了吗？”

花神说：“当初父王开天辟地，叫你管九霄，叫二哥管九州，叫我育出百花给你点缀天庭，为二哥的江山添秀。如今，我已把百花育出，哥哥可不可以助我一臂之力，把这些百花撒向人间？”

玉帝答应了，立即唤来一百名仙女，对她们说：“我封你们为百花仙子，受花神管辖。你们可随意采花，采牡丹的是牡丹仙子，采荷花的是荷花仙子……然后把你们采的花撒向人间。”

百花仙子听罢，手托花篮，在花园中穿梭往来，各自采下喜爱的鲜花。片刻工夫，花篮就装满了。然后，她们一手托花篮，一手抓起花，将鲜花纷纷撒向人间。

天女散花，花瓣飘落九州，落地生根。从此，人间有了百花。

扫码获取音频

爱与美之神瑶姬

引言

瑶姬本是炎帝的女儿，容貌出众，能歌善舞，却因一场大病而香消玉殒。她死后魂灵化作瑶草。瑶草生长在巫山之阳，吸收日月之精华，修炼成巫山神女。瑶姬为什么被称为“爱与美之神”呢？关于她，又有什么动人的传说呢？

炎帝有一个女儿，在众姐妹中样貌最出众。她生性活泼，能歌善舞，常常流连在花园里和溪水旁。也许是天妒红颜，就在成年的那一年，她得了一场大病，终日躺在病榻上，花园里、溪水旁再也听不到她的欢声笑语。炎帝遍尝百草，但终究回天乏术。不久后，她便香消玉殒。炎帝将她葬在了开满鲜花的巫山上，让她生前喜爱的美景陪着她。

后来，巫山上长出一种茎草，名叫瑶草。它长着两片对称的叶子，花苞开放以后是嫩黄色的花朵，落败后结出像菟丝子一样的果实。瑶草就是由炎帝女儿的魂灵幻化而成的。据传，女子吃下瑶草的果实，可以变得美丽动人、惹人怜爱。

就这样，巫山上的瑶草白天吸收太阳的精华，夜晚吸纳月亮的精粹。多年以后，瑶草修炼成了巫山神女，取名瑶姬。

相传，禹治水时，欲开凿泄洪通道，他来到巫山脚下，正准备向前挖掘的时候，暴风骤起，飞沙走石，顿时遮天蔽日，雷声大作，洪峰一浪高过一浪，以排山倒海之势朝禹袭来。禹没有办法，只能撤离。他听说巫山有位神女，便去求她帮忙。神女瑶姬原本不想掺和到禹和洪水之间的恩怨中，但是她看到禹背井离乡多年，满怀对天下苍生的爱护，不忍心看到禹之前所做的努力功亏一篑。于是，她将差遣神灵和奴役鬼魂的方法教给了禹，并传授他如何与狂风和洪水做斗争的办法，很快便让飓风和暴雨停止了对大地的侵袭。之后，瑶姬又将巫山炸开了一条泄洪通道。洪水通过这条通道从巴蜀境内流出，浩浩荡荡地奔着大江而去。多年来被洪灾折磨得流离失所的巴蜀人民终于获救了。这条泄洪通道就是后来的巫峡。

从那以后，瑶姬总是站在巫山顶上，举目远眺：那滚滚东流的大江之水，七百里的三峡腹地，还有空中低飞的鸟儿、江畔争奇斗艳的鲜花和江心帆影阵阵的小船，尽收眼底。瑶姬一直伫立在巫山顶上，天长日久，便幻化成一座峻峭的山峰，也就是今天的神女峰。人们感念瑶姬的功德，尊她为“爱与美之神”。

扫码获取音频

百鸟之王少昊

引言

美丽的皇娥和英俊的启明星相爱了，不久就有了一个可爱的儿子——少昊。少昊从小就才干突出，长大后建立了“少昊之国”。那么这个国家有什么独特之处呢？

传说少昊是“三皇五帝”之一，关于他的真实身份，有着很多不同的说法。

据《拾遗记》记载，少昊的出生极不寻常，他的母亲名叫皇娥，原本是天上负责织造的仙女。天庭里的织女工作既辛苦，又乏味，不仅每天要埋头织到深夜，而且也没有朋友可以一起嬉戏。为了排解心中的苦闷，皇娥偶尔会自己撑一只木筏到银河边去玩耍。

有时候她心情好，还会沿着银河一直逆流而上，来到西海边的穷桑树下欣赏风景。这棵穷桑树非比寻常，它高达万丈，树上的桑叶并不是寻常的绿色，而是像秋日的枫叶一样红艳无比。这棵穷桑树每一万年才能结出一次果实，吃了这种果实可以长生不老。

皇娥经常在这棵穷桑树下流连，不忍离去。

词句赏析

“既……又……”“不仅……而且……”这两组关联词写出了皇娥工作的辛苦、乏味，表现了她心情的苦闷。

词句赏析

通过把穷桑树的桑叶比喻成秋日的枫叶，生动形象地写出了穷桑叶红艳无比的特点。

那时她总能碰到一个少年，这少年长得眉清目秀、超凡脱俗，自称是白帝的儿子。

实际上，这个少年便是天上的启明星，也叫金星。每当太阳要升起的时候，人们在东方的天空中最先看到的那颗星就是它。

少年对皇娥一见钟情，总是从天上飞下来和皇娥一起玩耍。他们撑着木筏，一起在月光笼罩的银河上弹琴、唱歌……

后来他们相爱了，不久后皇娥生下了一个男孩，取名叫少昊。因为少昊的父亲和母亲都是神仙，所以少昊从小就才干突出。

他长大成人以后，便到归墟附近建立了一个国家，取名叫“少昊之国”。

少昊之国并不是普通意义上的国家，因为这个国家的子民不是人，而是各种各样的鸟，就连负责各项事务的文武百官也是由各种鸟充当的：

凤凰对天时比较了解，负责颁布历法，是总管大臣；燕子、伯劳、青鸟、锦鸡分别掌管春、夏、秋、冬四个季节；鱼鹰威武有震慑力，是军事大臣；鹁鸪对父母非常孝顺，主管礼教；布谷鸟擅长调配，是主管水利和建造的大臣；苍鹰刚正不阿，管理刑狱再适合不过了……

除此之外，还有五种分别管理木工、瓦工、金工、皮工及染工的野鸡和九种管理农业播种及收获的扈鸟等。

词句赏析

“眉清目秀”“超凡脱俗”这两个成语写出了少年容貌俊秀、脱俗的特点。

浮想联翩

少昊之国的子民和文武百官都是各种各样的鸟，这一描述充满了奇特的想象。

人物剖析

各种鸟类分工明确，各司其职，侧面反映出少昊能力出众，把国家管理得井井有条。

主题辨析

少昊管理下的百鸟之国秩序井然，这一想象反映了远古先民试图突破条件的限制、改善自身生活环境的愿望，也反映了他们对美好生活的向往。

所以百鸟之国开会议政的时候非常热闹，各种鸟五彩缤纷的羽毛在阳光下闪闪发光，婉转动听的鸟鸣声在朝堂上齐鸣。少昊坐在朝堂的中央，像帝王一样管理着百鸟之国。

好词好句

好词摘录

眉清目秀　超凡脱俗

（摘录理由：写出了少年容貌的出众。）

五彩缤纷　闪闪发光　婉转动听

（摘录理由：从视觉和听觉的角度写出了百鸟之国开会议政时的热闹场景。）

好句摘录

凤凰对天时比较了解，负责颁布历法，是总管大臣；燕子、伯劳、青鸟、锦鸡分别掌管春、夏、秋、冬四个季节；鱼鹰威武有震慑力，是军事大臣；鹁鸪对父母非常孝顺，主管礼教；布谷鸟擅长调配，是主管水利和建造的大臣；苍鹰刚正不阿，管理刑狱再适合不过了……

（摘录理由：根据不同鸟儿的性格特点或生活习性来安排官职，充满了奇特的想象。）

扫码获取音频

颛 顼

引言

传说黄帝晚年时将帝位传给颛顼后便乘龙飞走了。可是颛顼继承黄帝衣钵之后，不根据百姓的生活实际来推行新政策，反而作威作福。他的孩子们也顽劣恶毒，导致人神共愤，天下大乱。

黄帝晚年的时候，拜仙人广成子、容成公为师，虚心求教。在和老师们的探讨中，黄帝领悟到“道”的真谛，他用天人合一、顺其自然的方法，实现三界大治。功成名就之后，黄帝萌生退隐之心。他派遣夫役开采首山铜矿，在荆山下铸造宝鼎。宝鼎铸成的那天，天外飞来一条巨龙，垂下龙髯相迎。黄帝将主宰神的宝座传给了他认为很能干的颛顼，之后便自己乘龙飞往九重天外。那天随黄帝同行的朝中大臣、后宫妃嫔共有七十多位，大臣们攀着龙髯想爬上去，结果龙髯被扯断，他们纷纷跌下来。跌落的大臣们望着远去的黄帝痛哭，直哭了七天七夜，流下的眼泪淹没了宝鼎，汇成了大湖，后人称此湖为鼎湖。

颛顼自幼特别爱好音乐。他听到八方来风掠过大地发出的声音十分悦耳，便让八条飞龙仿效风声发出长吟，命名为《承云曲》，专门用来纪念黄帝。他还突发奇想，令扬子鳄做音乐的倡导者。扬子鳄鸣声如鼓，背上披有坚厚的鳞甲，成天躺在池沼底部的洞穴内睡觉，对音乐向来生疏，但如今受了主宰神的委派，怎敢怠慢，只得乖乖地翻转笨重的身躯仰卧，挥动粗大的尾巴敲打鼓凸的灰肚皮，果然嘭嘭作响，声音嘹亮。人间受到颛顼的影响，都用扬子鳄的皮来蒙鼓，这种鼓很贵重，叫鼍鼓。

初登主宰神宝座的颛顼做的第一件大事，就是将原本不停运转的太阳、月亮和星星都牢牢拴在天穹的北边，固定在北方上空，这么一来，他的根据地——北方三十六国便永远光辉灿烂。相反，东、南、西方诸国则永远漆黑一团，百姓伸手不见五指，生活异常不便。

颛顼所做的第二件大事，是隔绝天和地的通路。在他执掌三界大权之前，天、地虽也分开，但距离较近，并且有天梯相通，天梯即各地的高山与大树。天梯原为神、仙、巫而设，人间的智者、勇士也能凭着智谋和勇气攀登天梯，直达天庭。那时候，凡人有了冤苦之事，都可以直接通过天梯到天上去向天帝申诉，天上的神也可以随时到凡间游山玩水，人与神的界限不是那么明显。颛顼做了主宰神之后，他考虑到人、神混居弊多利少，于是便命令大力神重和黎把天地的通路截断，让人上不了天，神下不了地，这样大家虽然丧失了自由往来的便利，却能维持宇宙秩序，保证安全。

大力神重和黎接到命令后，运足了力气，重两手托天，黎双脚踏地，大喝一声，一齐发力，托天的双手尽力往上举，踏地的双脚拼命向下压。于是，天渐渐往上升，地渐渐向下沉，本来相隔不远的天地就变成现在这样遥遥相对了，高山和大树再也起不到天梯的作用了。从此，托天的重专门管理天，踏地的黎专门管理地。黎到了地上，还生下一个名叫噎的儿子。噎没有手臂，两只脚翻转上去架在头顶。他住在大荒西极日月山上，这座山乃天门之转轴。他的职责是帮助父亲考察日月星辰运行的先后次序。

自从截断了天和地之间的通路，天上的神还能腾云驾雾下到凡界，地上的人却再也无法登上天庭了。人与神之间的距离一下子拉得很远很远。神高高在上，享受着人类的祭祀，而人有了痛苦和灾难，却上天无路，神也完全可以不闻不问，任人类受苦受难。

后来，颛顼越来越狂妄，作威作福，他的儿子们死后也为害人间：一个变为疟鬼潜伏在长江，传播疟疾[①]病菌，害得人发寒、发热；一个变为貌似童子的魍魉[②]隐匿在若水，夜间施展迷惑人的鬼蜮伎俩[③]，引诱行人失足坠河；一个变为小儿鬼躲藏在人家的屋角，暗中惊吓小孩，使之惊恐、哭号；还有一个骨瘦如柴，生来爱穿破衣烂衫，爱吃稀粥剩饭，于正月三十死在陋巷，变成了穷鬼。凡人最怕穷鬼上门，千方百计要送走他。送穷鬼的日子是农历正月二十九，常见的方式是打扫屋子和院落，把扫出来的垃圾当成穷鬼，或投之流水，或倾倒街头。有人还在垃圾堆上插炷香，放三个花炮，俗称“崩穷鬼”。此外，还有一个名叫梼杌[④]的怪兽，也是颛顼的儿子。它长着人的面孔、老虎的身躯和利爪，还有野猪的嘴巴和獠牙，身披着三尺多长的狗毛，尾巴足有一丈八尺长。它在荒野里横行霸道，过路人一提起它来就吓得半死。

颛顼和他的儿子们，加上一大批招灾引祸的山精水怪，把黄帝留下来的太平盛世搅得乱七八糟，不过数载，就爆发了天神大起义。

---

① 疟疾（nüè·ji）：急性传染病，病原体是疟原虫，由蚊子传播，周期性发作。

② 魍魉（wǎngliǎng）：传说中的怪物。

③ 鬼蜮（yù）伎俩：指阴险害人的卑劣手段。

④ 梼杌（táowù）：古代传说中的猛兽，借指凶恶的人。

后稷的传说

扫码获取音频

引言

姜嫄踏足迹怀孕生子，因生下的孩子异于常人，她几度抛弃他。可是孩子几次都奇迹般存活下来，姜嫄便留下他，并给他取名为“弃”。弃长大后聪慧善良，教人们耕田种地、栽种五谷，大大推动了农业的进步，被人们尊称为“后稷”。

很久以前，有邰氏之女、帝喾[1]之妃姜嫄到郊外游玩，发现路边有一个巨大的脚印，她非常好奇，便伸出脚在巨大的脚印里比画了一下。这一比画，她突然感觉到一种从未有过的愉悦感像潮水一样涌遍全身。回家以后，姜嫄发现自己怀孕了。又过了一段时间，她便分娩了。可是，令姜嫄吃惊的是，她生下来的不是一个孩子，而是一团小肉球。她非常害怕，便让宫里的仆人把这团小肉球扔到王宫后墙外的小巷里。仆人照办了。

可是，没过多久，仆人回来告诉她：“那里过路的牛羊一群一群的，可是那些牲畜谁也不敢踩踏那团小肉球，都绕道而过，如今那团小肉球还在巷子口呢。”

姜嫄一听，心中一惊，连忙又让仆人把小肉球扔到深山里去。仆人照办了。可是，没过多久，仆人又把小肉球抱了回来。姜嫄忙

---

① 帝喾（kù）：上古时期一位部落联盟首领。

问这是怎么回事，仆人说深山里全是伐木的人，没有机会扔。

于是，姜嫄又让仆人把小肉球扔到水塘里。仆人来到水塘边，使劲儿将小肉球向水塘里扔去。

就在小肉球和水塘里的水接触的一刹那，忽然风雪大作，顷刻间，水塘上面就结了一层厚厚的冰。小肉球落在了冰面上，安然无恙。

这时，一只巨鹰从天而降，落到小肉球旁边。它张开翅膀，像母亲护着婴儿一样，用它柔软的双翅轻轻地呵护着小肉球。

仆人吃惊不已，不由得踏着冰雪向水塘里走去，想要看个究竟。巨鹰见到有人走近，便大叫一声，拍着双翅飞向天空。

这时，小肉球里传来“哇——哇——哇——”的小孩哭声。仆人走过去，只见小肉球裂开一条缝，哭声便是从里面传出来的。只一会儿工夫，小肉球便全部裂开，里面竟然躺着一个男婴。

仆人赶紧把男婴抱回王宫，并把整件事的经过讲给姜嫄听。姜嫄听了以后，泪流满面，赶紧把男婴接过来抱在怀中。她给这个孩子取名为“弃”，因为她觉得这孩子有过一段被遗弃的经历。

弃在母亲的抚养下，很快长大了。他聪慧善良，对一切事物总是充满好奇心，尤其对农业知识最感兴趣。

他观察野生植物的生长，并把植物的种子细心地收集起来，播种到地里，结出来的果实都比野生的好。

他还制造了许多农具，使农活儿干起来又快又省力，收获的粮食又好又多。后来，耕种土地的人越来越多，人们都纷纷跑来向弃学习耕作种植技术，大家的生活一天比一天好起来了。

从那以后，弃向全天下的人传授农耕技术，大地上到处结满了丰收的果实，人们再也不为衣食而发愁了。

因他对农业有杰出贡献，所以人们尊称他为“后稷”。

羿射九日

扫码获取音频

引言

古时候，天上有十个太阳，人们难耐酷热，苦不堪言。羿箭法高明，射掉了九个太阳，只剩下现在的一个太阳，使温度适宜人们生活。

在帝尧时代，天空中出现了十个太阳。

事情的缘由是这样的：太阳女神羲和与天帝结合后，生了十个儿子，就是太阳十兄弟。这十兄弟全都居住在东方海外一个叫汤谷的地方。汤谷有个巨大的水池，因为太阳十兄弟经常在里面洗澡玩耍，所以里面的水总是沸腾的。

按照天帝的要求，太阳十兄弟每天只有一个可以到天空中走一圈。正是由于天帝的安排，太阳才每天清晨从东方升起，黄昏时在西方落下。他们在天空中行走一圈，人间就是过了一天。

可是有一天，太阳十兄弟不愿意老待在汤谷里，于是他们不顾天帝的命令，一窝蜂地全都跑到了天上。这样，十个太阳就同时出现在了天空中。

刹那间，十个太阳的强光从四面八方照射到

词句赏析

“因为……所以……”这组关联词交代了汤谷水池里的水总是沸腾的原因，体现了远古先民丰富的想象力。

大地上，一转眼工夫，大地就热得像蒸笼一样：草木枯萎了，庄稼晒死了，河水蒸干了，人们热得难以忍受，纷纷躲进了山洞里。

帝尧看到自己的臣民如此受苦受难，心如刀绞，他整天向天帝祈求，希望天帝能帮助他的臣民摆脱苦难。可天帝是个溺爱儿子的父亲，对此事睁一只眼，闭一只眼，任由十个太阳在天上为所欲为。

有一个名叫羿的天神十分生气，他当着天帝的面指责十个太阳的暴行，天帝只得答应好好管教一下不听话的儿子们，于是派羿到人间去帮助帝尧。

羿临行前，天帝一再吩咐他不可太为难他的孩子们，震慑一下就行了。

羿来到人间后，和帝尧一起站在山顶向十个太阳喊话，要求他们只能留一个在天上。但十个太阳自恃是天帝的儿子，羿不能把他们怎么样，因而对羿的话充耳不闻。

羿看到大地在龟裂，老人和孩子在暴晒下接二连三地死去，他下定决心要帮助人们脱离苦海，哪怕为此得罪天帝也在所不惜。

羿是个神箭手，箭法超群，百发百中。他拉弓搭箭，瞄向其中一个太阳，同时他也希望其他太阳见了能被吓走。可是，十个太阳不但一点儿也不怕，还肆意挑衅。羿忍无可忍，“嗖”的一

词句赏析

这里运用比喻、排比的修辞手法，生动形象地写出了十个太阳同时照射大地造成的严重后果，给人身临其境之感。

人物剖析

“心如刀绞”“祈求”等词生动地表现了帝尧关心臣民疾苦的品质，同时也体现了他此时的无奈。

情节解析

羿和帝尧一起要求十个太阳只留一个，表明他站在人民这一边，而十个太阳不予理会，这为后文埋下了伏笔。

箭射向其中一个太阳。不一会儿工夫，人们便看到一团红色的火球从天上掉了下来，走近一看，被射落的太阳原来是一只三脚乌鸦，人们一齐欢呼起来。

羿一支接一支地搭箭射向太阳，只见天空中流火四射，九个太阳接二连三掉落在地上，很快便消失了。人们的欢呼声此起彼伏。正当羿拉弓搭箭，准备再射向天空中剩下的最后一个太阳时，帝尧急忙拦住他，说：“不能再射了，要是最后一个太阳也被射掉了，人间就会是一片黑暗和寒冷。”

羿恍然大悟，便停止了射箭。就这样，天空中只剩下最后一个太阳，

它像以前一样，早上出来，晚上落下，再也不敢为所欲为了。

天帝一下子失去了九个儿子，自然对羿恨之入骨。他将羿贬到人间，再也不许回到天庭。

主题辨析

羿为了帮人们脱离苦海，无惧天帝之威射下九日，这一神话充满了神奇的想象力，塑造了羿高大英勇的形象，赞美了他为民除害的大无畏精神，表达了上古时期人类想要征服自然的美好愿望和不屈不挠的斗争精神。

阅读随记

情节过山车

姓　　名：__________
年　　级：__________
阅读日期：__________

一个好的故事往往有扣人心弦的情节，像过山车一样有起有落。请你阅读《羿射九日》这个故事，试着梳理重要的情节。

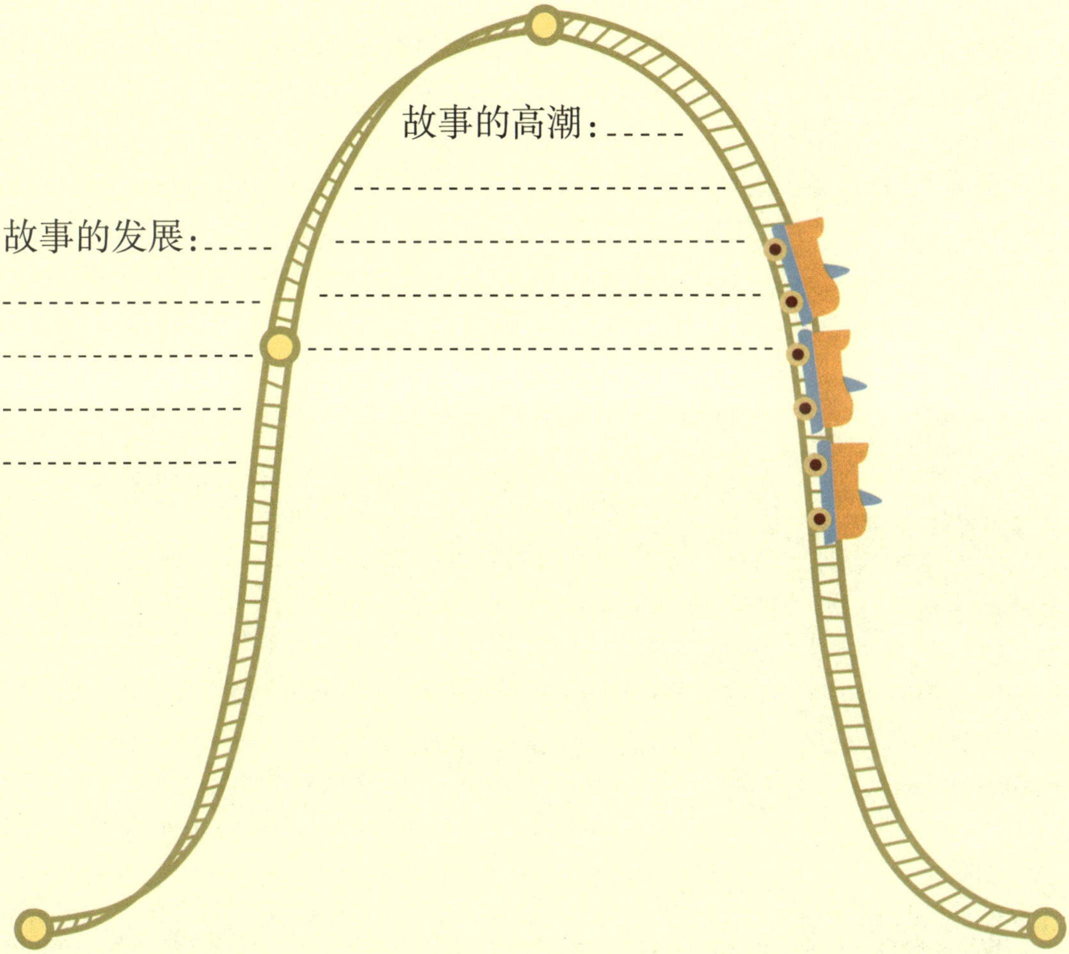

故事的高潮：__________

故事的发展：__________

故事的起因：__________

故事的结局：__________

扫码获取音频

羿灭六凶兽

引言

羿为拯救天下苍生，射掉了九个太阳，这个神话故事家喻户晓，流传至今。但实际上羿的辉煌功绩不仅限于此。相传人间曾有六大凶兽，它们一个比一个厉害，一个比一个凶残，危害百姓，是羿挺身而出，将它们射杀，人们才重获安宁。

羿射下九个太阳，为黎民百姓解决了十日并出的灾难。但那时候，还存在着一些肆虐人间的怪兽。于是羿没有停下脚步，他日夜赶路，到各个地方去寻找怪兽的踪迹。

他最先来到中原地区，这里有两头危害最大的怪兽，一头是猰貐，一头是封豨[①]。

猰貐本是黄帝辖下的一个部落的首领，不幸被贰负和危暗杀了。猰貐在世时秉性非常好，把部落治理得井井有条。黄帝一直对他青睐有加，见他就这么稀里糊涂地丧了命，深感痛惜，便请来了巫彭、巫抵、巫阳、巫履、巫凡、巫相六大神医到昆仑山上，讨论如何救回猰貐的性命。这

词句赏析

“肆虐”一词写出了当时怪兽横行、人间不得安宁的情景，渲染了环境的艰险。

人物剖析

猰貐丧命后，黄帝痛惜，并请六大神医救回其性命，从侧面说明了猰貐在世时秉性很好，深受黄帝重视。

① 封豨（xī）：古代传说中的怪兽。

六位神医研究了七七四十九天，终于研制出了一种神药，让他起死回生。于是，猰貐捡回来一条性命。也许是因为魂魄离开身体的时间太长，遭遇了什么不测，猰貐复活以后脾气秉性大变，再也不是以前那个性情温和的猰貐了。他完全丧失了本性，复活后睁开眼睛的第一件事就是从昆仑山上一跃而下，一个猛子扎到了若水里，变成了一头长着龙的脑袋、老虎的爪子，叫声像婴儿啼哭一样的怪兽。它在若水之滨潜伏了下来，见人就吃，方圆百里民不聊生。羿很快找到了猰貐的洞穴，向正在睡觉的猰貐射了一箭，它便气绝身亡了。这一回，再也没有人能把它的命救回来了。

在中原地区肆虐的另一头怪兽封豨，是一头长着如戟般的獠牙、力胜百牛、铜皮铁骨的大野猪。它生活在桑树林里，总是横冲直撞，丝毫不把百姓的农田、村落放在眼里。只要是它出没的地方，顷刻间就成为一片废墟，连一根草、一棵庄稼都不会剩下。羿从左右两方各射出一支神箭，射瞎了封豨的两只眼睛。就这样，羿活捉了封豨。

将中原地区的两头怪兽解决之后，羿向南方进发，到达畴华之野的时候，他寻到了凿齿的踪迹。凿齿长着人的身躯、野兽的面孔，还长着两根五六尺长、形状像两个大凿子的牙齿。凿齿

词句赏析

“一跃而下”“扎”“潜伏”“见人就吃”等动词的连用，突出表现了猰貐复活后丧失本性的行为，与它在世时的良好秉性形成鲜明对比。

人物剖析

这里通过外貌、动作等描写突出了封豨的凶猛，而羿能射瞎并活捉它，更加衬托出羿的勇敢和本领高强。

我的批注

为了躲避羿的神箭，准备了一面巨大而坚固的盾牌。不过，羿的神箭是任何东西都无法挡住的，所以凿齿至死也没弄明白，羿的神箭是如何穿透盾牌刺进它心窝的。

南方除了凿齿之外，还有一头怪兽叫修蛇，它一直住在洞庭湖，舞波弄浪，吞噬了很多船只，残害了很多条人命。羿射杀凿齿之前，修蛇便得知羿来到了南方，它潜入湖底，销声匿迹了很长时间。因为湖水可以掩盖怪兽的气息，所以羿无法找到修蛇。于是，羿收起了弓箭，手持宝剑潜入了洞庭湖底。洞庭湖深不可测，水下的世界也充满着凶险，但是羿没有退缩，他历尽千辛万苦，终于在湖底找到了修蛇的老巢，用宝剑斩断了修蛇。刹那间，修蛇殷红的血液在湖底扩散开来，洞庭湖水被染得通红。

词句赏析

成语“销声匿迹”写出了修蛇的狡猾；关联词语“因为……所以……”的使用，突出了羿射杀修蛇的难度之大。

人物剖析

通过“收起”“手持”“潜入”“找到”“斩断”等动作描写，详细地写出了羿寻找并斩杀修蛇的过程，体现了他坚持不懈、做事果断的品质。

南方地区的两头怪兽被羿猎杀之后，就剩下东方的巨鸟大风和北方的九婴了。巨鸟大风生活在青丘地区的沼泽地里，它可以掀起龙卷风，毁坏百姓的房屋，甚至能将百年老树连根拔起。

羿先到了东方，因为巨鸟大风在空中飞行的速度非常快，像闪电一般，要想射中它还需要费些功夫。于是羿找来青丝绳系在箭的尾部，这样在射中巨鸟大风后他便能追踪上目标。只听嗖的一声，羿一箭便将在空中飞翔的巨鸟大风射中了。果然不出羿所料，巨鸟大风不仅善于飞行，而且力大无比，它准备带伤逃跑。可是它没想到，射中它的那支箭的尾部绑着的青丝绳就像风筝线一样，羿稍稍拽一下就把它收了回来。

和之前的五头怪兽相比，北方的九婴极难对付。九婴生活在凶水一带，它总是从九张嘴里喷出火焰或者大水，焚城淹村，周围的百姓苦不堪言。它生有九颗头，也就代表着它有九条命，所以它丝毫不惧怕羿。它见到羿以后，九张嘴同时张开，每张嘴里都喷出一道毒焰和一股浊流，它们交织在一起，形成了一张水火毒网。它想用这张毒网将羿困住，然后再将他咬死。可是羿没让它的如意算盘打成，羿同时射出了九支箭。九支箭分别射中了九婴的九颗头，九婴当场毙命。

就这样，羿灭了猰貐、封豨、凿齿、修蛇、巨鸟大风和九婴这六头怪兽。没有了它们的侵扰，百姓的生活安定了下来，羿也成为人们一直膜拜的英雄。

人物剖析

“张开”“喷出”“困住”“咬死”等动作描写突出了九婴无比凶猛的特点，证实了它比之前五头怪兽更难对付。

主题辨析

羿本领高强，英勇无畏，不惧艰险，先后灭了猰貐、封豨等六头怪兽，使百姓的生活重新安定下来。这个神话一定程度上体现了远古先民战胜自然灾害的艰辛过程和坚韧精神，展现了丰富的想象力。

好词好句

好词摘录

肆虐　力胜百牛　铜皮铁骨　横冲直撞

（摘录理由：写出了怪兽封豨的凶猛。）

好句摘录

它见到羿以后，九张嘴同时张开，每张嘴里都喷出一道毒焰和一股浊流，它们交织在一起，形成了一张水火毒网。它想用这张毒网将羿困住，然后再将他咬死。可是羿没让它的如意算盘打成，羿同时射出了九支箭。

（摘录理由：写出了怪兽九婴无比凶猛的特点，渲染了羿与之对决的紧张激烈气氛。）

嫦娥奔月

扫码获取音频

引言

与月亮有关的神话有很多，其中嫦娥奔月的故事最脍炙人口，几乎家喻户晓。羿向西王母讨得了长生不死药。此药若二人分吃，都可以长生不死；若一人全吃下，就可以飞升成仙。羿的妻子嫦娥想到天庭，便偷吃了药丸。但她不想遭到众神唾弃，转而飞向了凄清、寒冷的月宫。这个传说也是历代文人进行文学创作的常用题材，如李商隐就写过“嫦娥应悔偷灵药，碧海青天夜夜心”的诗句。

羿射九日后，因得罪天帝被谪凡间。后来，羿不辞辛劳，穿越千山万水，经过长途跋涉，向西王母讨得了长生不死药。

带着不死药回家的路上，羿做出了自己的决定。他心中牢记西王母说过的话。西王母说，不死药若分给两人吃，两人便可以长生不死；若一人吃，则会飞升成仙。羿非常爱自己的妻子嫦娥，也厌倦了天庭里尔虞我诈的争斗，因此，他是绝不会独自吃下神药飞升成仙回到天庭的。

羿一回到家，马上把不死药交到了妻子嫦娥的手中，并且把西王母对自己说的那番话也都毫

词句赏析

“不辞辛劳”“千山万水”“长途跋涉”三个成语写出了羿讨取长生不死药的过程的艰难。

人物剖析

此处通过心理描写和动作描写，表明了羿对妻子嫦娥十分深情、毫不隐瞒，体现了他真诚、坦率的品质。

无保留地告诉了嫦娥。夫妻俩商量好了，次日天明，二人一起吃下长生不死药。

嫦娥看到羿顺利取回不死神药，心里十分宽慰。她想到自己今后虽然不能再上天庭，但能和其他神仙一样，不用担心生老病死了，心里有说不出的高兴。

就这样，嫦娥一夜没睡好。到了三更，她趁着羿还在熟睡，悄悄地打开了羿交给她的不死神药。只见一块红色的布包裹着一只精致的葫芦。她轻轻地摇晃着葫芦，葫芦里传来清脆的响声。

嫦娥心想：何不打开看看，这不死神药到底是什么样子？

于是，她拧开葫芦，从里面滚出了几粒金黄色的药丸。嫦娥凑到窗前，借着月光仔细数了数，一共有六粒。

看着这些神奇的药丸，嫦娥不禁幻想起自己又变成仙女的生活：身穿华服，住在辉煌的宫殿里，每天享用山珍海味，被众多侍女簇拥着……

一阵凉风吹来，把嫦娥的思绪带回到现实中。她低头看了看，自己穿的是破旧的麻布衣服，住的是茅草搭建的小屋，吃的是粗茶淡饭。唉！这日子什么时候才是个头呢？

这时，嫦娥手里的药丸滑落到地上。嫦娥急忙捡起药丸，准备放回葫芦里。谁知她看了看熟睡的羿，转念一想：反正早晚都要吃的，早点儿

人物剖析

通过动作描写和心理描写，突出了嫦娥极强的好奇心，“轻轻”“仔细”二词更体现了嫦娥对不死药的珍惜。

词句赏析

两个问句写出了嫦娥对现实生活的不满，暴露了她不甘过平凡日子、怀念昔日天庭生活的心理。

吃岂不更好？

想到这里，嫦娥便把其中的三粒药丸吃了下去，把剩下的三粒药丸仍旧放回葫芦里，再将葫芦包好，重新躺回羿的身边。

嫦娥久久不能入睡。她翻来覆去，脑海中总是重复出现一个画面：一个华丽的自己，由众多侍女簇拥着的自己。这时她身边的羿动了一下身子，嘴里喃喃地发出声音，脸上露出了舒心的微笑。嫦娥想，羿大概觉得现在已经很满足了吧！

嫦娥再也睡不着了，她翻身坐了起来，耳边突然响起了西王母的话：若一人吃，则会飞升成仙。回到天庭！嫦娥的确过不惯清苦的生活，一直向往着过去在天庭里的日子。嫦娥的脑子里闪过一个念头：既然羿已经很满足现在的生活了，我何不成全他，也成全自己呢？

想到这里，嫦娥起身，又重新打开了那只葫芦，毫不犹豫地把剩下的三粒药丸吃了下去。

果然，奇迹发生了。嫦娥觉得自己的身体渐渐变得飘逸起来，双脚也逐渐离开了地面，终于不由自主地飘出了窗户……

外面的夜空真的很美，皎洁的明月升在空中，周围繁星闪烁。嫦娥一阵欣喜，觉得自己真的自由了，终于实现了自己多年的夙愿。

嫦娥一直飘升着，可升得越高，她的心里就越不踏实，因为她背弃了羿。如果到了天庭，她

情节解析

嫦娥向往天庭生活，不满足于现状，又认为羿安于现状，这一矛盾为后文埋下伏笔，推动了故事情节的发展。

词句赏析

成语“毫不犹豫”写出了嫦娥偷吃不死药时的坚定；“果然”一词印证了西王母的说法，体现了嫦娥即将飞升成仙的兴奋。

词句赏析

“不仅……也……”这组关联词写出了嫦娥即将面对天庭众神时的忐忑不安。

不仅会遭到众神的嘲笑，也会遭到姐妹们的唾弃。正当嫦娥犹疑不决时，她看到不远处皎洁的圆月。啊，月宫！嫦娥一阵欣慰——这是个好去处。嫦娥决定直奔月宫。

可是到了月宫以后，嫦娥才发现这里并没有自己想象的好。月宫里出奇地冷。除了一只白兔、一只蟾蜍和一棵桂树，就什么都没有了。

看着眼前的这一切，嫦娥的心也凉了。她想起了羿平日对她的好和人世间的温情，不觉后悔起来。

主题辨析

嫦娥独吞仙药的自私决定让她最终尝到了苦果。这个神话故事体现了远古先民追求美好生活的愿望和浪漫的遐想，也表现了人们对背信弃义这种行为的否定。

阅读随记

丹朱化鸟

扫码获取音频

引言

丹朱是尧的嫡长子，自幼凶狠残暴，无恶不作。因为丹朱的德行不好，所以尧把他流放到南方的丹水。后来丹朱起兵造反，尧在丹水之滨打败了他。

尧有十个儿子。十个儿子当中，丹朱年纪最大，却最不成器。

丹朱为人傲慢暴虐，喜欢和伙伴们带着随从臣仆，到各地去游玩。每到一地，稍有不如意，丹朱就会大发脾气，责罚大臣和奴仆。

那时候洪水泛滥，百姓被洪水折磨得哀鸿遍野，丹朱却满不在乎。他总是坐船去游玩，渐渐习惯了水上的生活，觉得坐着船出去东游西荡非常有意思。

后来经过治理，有些地方水面变浅，不能再行船了，任性的丹朱就叫人不分昼夜地推着船走，称之为“陆地行舟”。船在泥沙和水草之间摩擦，发出咯吱咯吱的声响。推船的人累得气喘吁吁，汗流浃背，丹朱和他的伙伴们却在船上吃喝玩乐，哈哈大笑，对推船人的辛苦视而不见。

不出去玩的时候，丹朱和他的伙伴们干脆关起门来，在家里为所欲为。他们什么坏事都干得出来，闹得实在有些不像话。

丹朱的弟弟们见哥哥这样胡作非为，也都不服他的管束，兄弟之间时常发生冲突，彼此间纷争不休。

尧看丹朱性情太顽劣，无法管教，心中暗自焦急。他特意创制了围棋这种游戏教给丹朱，希望能够在潜移默化中改善丹朱的性情，使他改邪归正。

丹朱起初觉得围棋新鲜有趣，也曾专心致志地研究过一段时间，但没过多久，就觉得有些腻味。他自己创造了另一种棋。他选择一片平原旷野，叫人按照棋局的格式在那里遍栽桑树，他和他的朋友们各据一方，用桑树来做棋局，用犀牛和大象做棋子，指挥它们在桑树间进退周旋。他觉得这个比他父亲的围棋更有趣味。后来他连这个也玩厌了，便扔到一边，仍旧和他的那帮朋友去胡闹。

尧知道丹朱实在没有能力担当统领国家的重任，便决定把国君的位置禅让给舜。但尧又唯恐丹朱不服气，聚集他那帮恶朋歹友从中捣乱，便颁下诏令，把丹朱放逐到南方的丹水，由后稷监督他。

那时，中原一个叫三苗的部族，和丹朱的关系非常好，对尧让位给舜这件事心生不满，首先起来反对尧。

尧是个正直的人，他并不因为三苗的反对而改变主意。他派遣军队去讨伐三苗。三苗的首领抵抗不住正义的王师力量，终于被擒伏诛。

剩下的三苗部众只好携儿带女，随同被放逐的丹朱迁徙到南方去，并在丹朱的放逐地丹水附近定居下来。他们在南方定居后，势力又逐渐强大起来，以丹朱为首，酝酿着卷土重来，再度进攻中原，推翻尧的统治，夺取政权。

没想到事情败露，消息传到尧的耳朵里。智慧勇敢的尧早就料到丹朱会有此一招儿，便亲自挂帅，调兵遣将，统领大军到南方去平定叛乱。

丹朱和三苗的联盟还没有准备妥当，就听说尧的大军已经开始进发，他们急忙整顿旗鼓，与尧的大军对峙。父子俩的军队就在丹水上展开了一场大战。

丹朱已经习惯水上的生活，于是由他来统率水军。他所统率的水军个个都能在水面上行走，快步如飞。原来丹水里出产一种鱼，这种鱼的鳞甲红光闪闪，在夜间望去，就像火焰一样，因此被叫作丹鱼。每到夏至前十天，丹鱼都会从水底浮游到岸边来。人们割取它们的血涂在脚上，就可以涉水如履平地。丹朱的水军人人都有这种本领，因此在战争开始阶段，在水战方面，尧竟不是儿子的对手，接连吃了好几次败仗，免不了损兵折将。

幸好，由三苗统率的陆军除了勇猛强悍，没有其他特殊技能，因此尧的军队在陆地上对付三苗的军队就绰绰有余了。终于，依靠尧的智谋和当地人民的帮助，尧首先击溃了三苗的陆军，使他们无法和丹朱的水军配合作战，然后又用谋略将丹朱的水军也一并击溃。于是，这场声势浩大的叛乱以尧的胜利宣告结束。

失败的丹朱带着他的少数部众落荒而逃，一直逃到了南海。面对茫茫的大海，丹朱走投无路。他觉得自己再也没有脸面活在世间，就跳到大海里自杀了。丹朱死后，他的魂灵变成了一只鸟，这只鸟的名字就叫“朱”。朱的样子有些像猫头鹰，一对脚爪却好像人的手。从那以后，朱这种鸟出现在哪里，哪里的士人就要被放逐。

丹朱的子孙聚居在南海附近，慢慢建立起了一个国家，被称为“讙头国”或“讙朱国”。国人的相貌非同一般，有着人的脸、鸟的嘴，他们常用鸟嘴在海滨捕鱼，他们的背上长有翅膀，却无法飞翔，只能把翅膀当成拐杖扶着走路。

讙头国的附近便是三苗国，是和丹朱一同造反失败的三苗部族的子孙聚居于此而建立的。三苗国的人也都生有翅膀，翅膀生在腋下，很小，只是一种点缀，不能飞行。

阅读随记

尧帝嫁女

扫码获取音频

引言

尧帝有娥皇和女英两个女儿。尧帝很喜欢她们，每次出巡都带着她们一起去。经过多次考验，尧帝觉得舜是个可靠的人，有意将帝位禅让给他。尧帝为了考察舜，就把两个女儿嫁给他为妻。

尧帝有两个女儿，大女儿叫娥皇，小女儿叫女英。尧帝很喜欢他的两个女儿，每次出巡都带着她们一起去。

经过多次考验，尧帝觉得舜是个可靠的人，有意将帝位禅让给他，就决定将两个女儿都嫁给舜为妻，以便进一步考察他。

娥皇和女英要同时嫁给舜，姐妹二人心里都很高兴。可是姐妹二人谁为正妃呢？思来想去，尧帝出了三道考题，以才定先，能者为师，智者为导。

第一道考题：煮豆子。

尧帝给两个女儿各十粒豆子，五斤柴火，先煮熟者胜。

姐姐娥皇常年做饭，很有经验，只往锅内倒了少量水，一会儿就煮熟了豆子，柴还有余。妹妹女英却相反，她盛了一满锅水，水多柴少，柴火烧尽，水还未热，当然豆子也不可能煮熟了。

第二道考题：纳鞋底。

尧帝笑着让妻子取来一双鞋底和两把绳子，分给两个女儿，每人一只鞋底和一把绳子，谁先纳成，谁就获胜。姐姐娥皇常纳鞋底，既熟练又有窍门。她把长绳子剪成短截儿，纳完一根再纳一根，不到半天工夫，一只鞋底就纳成了，还纳得平平展展，又好看又结实。女英用长长的一根绳子纳，很费劲，绳子不时打结，半天下来，鞋底的一半都没纳好，针脚不仅稀，还歪歪扭扭，一点儿也不平展。

临出嫁动身之前，尧帝又出了第三道考题：比谁快。先到舜的住地历山坡的人获胜。

妹妹女英骑走骡，抄小路跑得快，姐姐娥皇则坐马车慢慢前进。事有凑巧，女英走到半路，走骡突然下驹①了。女英气得骂道："该死的骡子，偏在这时候下驹，真误我的大事，以后别下驹了。"所以，骡子从此再不能下驹。骡子下驹的地方，也因此得名"落驹村"。

这时，娥皇的马车也赶到了。娥皇见妹妹急成这副模样，知道出事了，立即下车把女英拉上马车，一同奔向历山坡。

舜和娥皇、女英成亲后，对两个妻子尊敬有加，并无偏正之分。没有失望的尧帝最终将帝位让贤，娥皇、女英姐妹两人齐心协力辅佐舜治理天下，做了许多有利于人民的事情。

---

① 下驹（jū）：此处指生小骡子。

好词好句

好词摘录

以才定先　能者为师　智者为导

（摘录理由：写出了尧的公正无私。）

好句摘录

她把长绳子剪成短截儿，纳完一根再纳一根，不到半天工夫，一只鞋底就纳成了，还纳得平平展展，又好看又结实。

（摘录理由：写出了姐姐娥皇纳鞋底的手艺既熟练又有窍门。）

女英用长长的一根绳子纳，很费劲，绳子不时打结，半天下来，鞋底的一半都没纳好，针脚不仅稀，还歪歪扭扭，一点儿也不平展。

（摘录理由：写出了妹妹女英纳鞋底时手艺不熟练，动作笨拙。）

人物关系巧梳理

姓　　名：
年　　级：
阅读日期：

《尧帝嫁女》这个故事中出现了很多个人物，有的是主人公，有的是主要人物，有的是次要人物。他们之间都存在着怎样的关系？请试着用思维导图的形式梳理一下。

示例

鲧和禹治理洪水

扫码获取音频

引言

鲧为了治理洪水，偷了天帝的息壤，因此遭到了杀害。鲧死后，禹从他的腹中诞生。天帝终于悔悟，命禹治理洪水，洪水终得平息。禹是我国古代一位有名的治水英雄，他为了治理洪水“三过家门而不入”的故事可谓家喻户晓，关于他的神话故事也有很多。

远古时代，野蛮、贪婪、血腥、残暴的丑恶行为像瘟疫一样在人间盛行。天帝非常愤怒，就派水神共工降下洪水来警告世人。

鲧是一位善良的天神，他无法认同天帝的做法，多次劝谏天帝赦免世人的过错，并认为天帝在惩治邪恶的同时殃及了太多的无辜。天帝不听劝谏，鲧为此整日愁闷不堪。

有一天，鲧遇到了一只猫头鹰和一只神龟，它们告诉鲧只有偷来天庭中的息壤，才能击退洪水。受到指点的鲧来到天庭，他想尽一切办法，终于偷出了息壤。这息壤真是神奇，鲧将一小块碾成细末投入洪水中，随着轰隆隆的声音，滔滔洪水中顿时生出一块块陆地，陆地越来越大，逐

词句赏析

这句话用了比喻的修辞手法，把丑恶行为比作瘟疫，生动形象地展现了各种丑恶行为在人间的泛滥。

人物剖析

“愁闷不堪”一词体现了鲧心系百姓的品质。

渐与山坡连在了一起。人们欢呼着从山顶上跑下来——他们得救了。这时，天帝知道了鲧偷息壤的事，大怒，派火神祝融在羽山杀死了鲧，并夺回了息壤。没有了息壤，洪水再次蔓延，人们又像之前一样，只能生活在山顶。

鲧死后，因平息洪水的志愿未了，所以他的精魂未死，尸体三年都没有腐烂，他的身体里孕育了一个新的生命，也就是他的儿子——禹。禹

情节解析

鲧死后尸体不腐，竟还孕育出新的生命——禹。禹的出生如此与众不同，必有不同凡响之处。

出生以后，鲧就变成一条玄鱼游走了。

后来，固执的天帝有所悔悟，将息壤交给了禹，并派应龙帮助禹到人间治理洪水。水神共工不服禹，就掀起更大的洪水与禹作对。禹在会稽山与天下群神会合，同共工开战，打败了共工。禹让神龟背着息壤，将其小块小块地投向大地，不仅填平了洪水，凸起处还形成了山峰，低洼处形成了绿野大地。禹又让应龙用尾巴在大地上划出一条条河道，把洪水引流到位于东方的大海。禹采用堵塞加疏导双管齐下的方法，终于治理好了洪水。

万分感激的人们拥戴禹做了部落大首领。鲧的精魂看到儿子禹终于治服了洪水，便安息了。就这样，鲧和禹治理洪水的故事一直被世代传颂。

人物剖析

禹带领神龟和应龙填平洪水，还划出河道引洪水入海，种种举措展现了禹坚韧不拔、勇于战胜困难的精神。

主题辨析

鲧和禹治理洪水的故事反映了远古先民改造自然、征服自然的愿望，歌颂了坚韧不拔的精神品质。

我是广播小记者

姓　　名：________
年　　级：________
阅读日期：________

如果你是学校广播站的一名小记者，现在需要采访《鲧和禹治理洪水》这个故事中的人物，你想采访谁？又想问些什么问题呢？

想采访的人物：________________

____

想问的问题 1：________________

____

想问的问题 2：________________

____

想问的问题 3：________________

____

为什么想问这些问题？

____

____

____

____

春神句芒[1]

扫码获取音频

引言

句芒是我国民间传说中一个十分重要的神灵。他不仅掌管草木在春季的发芽生长，还主宰人的生死。每年春天，人们都会举行各种祭祀活动，其中就有对句芒的祭祀。

在我国古代，每年到了立春那天，人们都会祭祀春神。春神名叫句芒，本名重。他长着人的面孔和鸟的身子，拥有高强的法术。

春天是草木萌发、万物复苏的季节，而“句芒”二字正是形容草木生长、枝繁叶茂的样子；春天又象征着生命，因此，句芒又被后人尊奉为“主司生命之神”。他主宰人们的寿命，掌握人们的生死。

相传春秋五霸之一的秦穆公有一次到祖庙祭拜，正午时分，他突然看到一位长相奇特的神仙从庙堂的正门走进来，顿时心生恐惧，拔腿就向门外跑去。

那位神仙说：“不要害怕。你治理国家有功，天帝派我来赐寿给你。”秦穆公连忙上前行大礼跪拜感谢，问道：“请教大神名讳？”神仙说：“我叫句芒，是东方掌管草木的神灵。”

原来，秦穆公是个贤明的君主，天帝看到他德行良好，便叫春神句芒给他增加了寿命。于是，秦穆公比他原定的寿数多活了十九年。

---

① 句芒音为 gōumáng。

从那以后，历朝历代的君主都在立春这天祭祀句芒，祈求这位春神保佑五谷丰登、国泰民安，同时也希望自己能健康长寿。

好词好句

好词摘录

草木萌发　万物复苏

（摘录理由：写出了春天到来后充满生机的景象。）

五谷丰登　国泰民安　健康长寿

（摘录理由：写出了古代君王的美好愿望。）

好句摘录

春天是草木萌发、万物复苏的季节。

（摘录理由：直观地描述了春天大自然生机勃勃的样子。）

神荼和郁垒①

扫码获取音频

引言

神荼和郁垒是负责检阅与统领天下万鬼的两位神仙，会惩治在世间为非作歹的鬼。但是总有些恶鬼会钻空子到人间作恶，黄帝就让百姓将神荼、郁垒和老虎的形象画下来贴在门上，以防避恶鬼。这种习俗延续下来，神荼、郁垒就成了驱鬼避邪的两位门神。

神荼、郁垒是中国古代传说中的两位门神，百姓将两人的画像贴在门上，可以防止恶鬼进门。那么，神荼、郁垒是怎么成为百姓用来防避恶鬼的门神的呢？

> **情节解析** 以提问开头，激发读者的好奇心，引出下文。

传说在广阔无边的大海中，有一座仙山，名叫度朔山。度朔山上有一棵枝叶繁茂的大桃树。这棵树的东北角，就是鬼门了。在这棵桃树上住着两位神仙，一位是神荼，另一位是郁垒。

神荼、郁垒每天守在鬼门门口，一旦发现在世间为非作歹的鬼，就用苇索把他们捆绑起来，拿去喂老虎。

> **人物剖析** 通过对神荼、郁垒二神的动作描写，表现了二神时刻维护世间安全的奉献精神。

① 神荼音为 shēnshū，郁垒音为 yùlǜ。

即便如此，还是有恶鬼喜欢钻空子到人间作恶。为防止人类遭受恶鬼的蹂躏，黄帝便让人间百姓在屋子当中立下一个桃木人，在门户之上再画上神荼、郁垒和老虎的形象，用这些东西来抵御凶邪，吓跑偷偷溜到人间做坏事的恶鬼。

这种做法一直延续下来，神荼和郁垒就成了门神。至今，我国民间还有将神荼与郁垒的画像贴在门上驱鬼避邪的风俗。

词句赏析

“蹂躏”二字体现了恶鬼对世间的危害之大。

主题辨析

神荼和郁垒守护百姓、成为门神的故事，表达了古代人们消灾免祸、趋吉避凶的美好愿望和对美好生活的向往。

阅读随记

灶神穷蝉

扫码获取音频

引言

灶神，又称灶王爷、灶君、灶君司命。在我国民间传说中，灶神每年农历腊月二十三上天汇报工作，正月初四返回人间。为了来年衣食丰盛，百姓每年都会在腊月二十三（或二十四）这天敬奉他。

从古至今，每年农历腊月二十三（或二十四），百姓都要过小年。这一天人们要做的事情，就是祭祀灶神。

灶神名叫穷蝉，传说他是颛顼的儿子，被天帝封为灶神，民间俗称灶王爷。灶神掌管炉灶后，人类才算告别了茹毛饮血的原始生活，所以人们十分敬重他。

但是灶神还有另外一个身份——他是人类生活的“纪律监督员”，谁家干点儿什么坏事，只要他往玉帝那里一奏报，做坏事的人就会遭到报应。

穷蝉当了灶神以后，掌管着家家户户的饮食起居。天帝命令他在每年腊月二十三（或二十四）这一天上天汇报工作，禀报人们家里的事情。

为了让灶神在天帝面前多为自家说好话，求得来年衣食丰盛，民间百姓每年到了这时候都要敬奉灶神，以讨这位大神的欢心。

人们摆上各种供品，把灶神灌得晕乎乎的，一方面是想让灶神喝醉后，上了天什么话都说不出来；另一方面是想让灶神嘴吃甜了，不好意思对天帝说自家的坏话。

据说，为了防止灶神到天上去向天帝告状，人们特地为他准备了一种特殊的食品——灶糖。这种糖有点儿像今天的麦芽糖，非常黏。灶神吃完这种糖，牙齿被黏住了，向天帝奏明事情的时候说话就会含糊不清，说者、听者都只好不了了之。

好词好句

好词摘录

含糊不清　不了了之

（摘录理由：写出了人们给灶神准备灶糖的真实目的。）

好句摘录

谁家干点儿什么坏事，只要他往玉帝那里一奏报，做坏事的人就会遭到报应。

（摘录理由：写出了灶神承担监督人间纪律的职责。）

啄木鸟的来历

扫码获取音频

引言

神医雷公家中有一个小童子，专门负责采药，人称“采药使者”。一天，采药使者上山采药，在大森林中迷了路，怎么走也走不出来，情急之下，他变成了一只啄木鸟。从此，它每天为树治病，成了树木的医生。

黄帝时代有三大神医：俞跗[①]、雷公与岐伯。俞跗医术高明，且擅长外科手术；而雷公与岐伯则精通内科与经络之学，擅长对症下药、辨证施治，有一整套独到的治疗手段。这三个人都非常受黄帝的器重，黄帝有病都要找他们治疗。

三人之中的雷公，最拿手的是草药的辨别与应用。雷公家中专门有一个小童子负责上山采药，人们称他为“采药使者”。

传说雷公的这个采药使者非常聪明，加上他长期跟随雷公，天长日久便也学到了许多医药知识，对各种草药的功效见解独到。他为人谦逊，从不卖弄，人们都很喜欢他。

有一天，雷公的草药不多了，便派采药使者上山采药。采药使者在山上忙乎了一天，到了天黑才发现自己迷了路，无论怎么走都走不出那片大森林。他非常着急，既怕雷公缺草药，又担心自己无

① 跗（fū）：脚背。此处为人名。

法走出森林，情急之下，他竟变成了一只啄木鸟。

采药使者变成啄木鸟后，每天趴在树干上，用它那长而尖的嘴啄食树木中的害虫，为树木治病。它成了树木的医生，森林的卫士。

阅读随记

关于发明的传说

嫘祖[1]养蚕

扫码获取音频

引言

传说黄帝的妻子嫘祖曾为找不到更好的制衣材料而苦恼。一天，女人们采来了一种白色“野果”，嫘祖发现它并不能吃，却可以抽出丝线。于是，螺祖又带人去采，发现那是虫子吐出的细丝缠绕成的线团。此后，嫘祖便带领人们用从线团抽出的丝线织布、做衣服，并鼓励人们把这种虫子带回家饲养。中国栽桑养蚕的历史便由此开启。

黄帝打败了蚩尤以后，将大大小小的七十多个部落合并成为一个部落联盟，黄帝也被推举为部落联盟的首领。他带领部落里的男女老幼种植作物、驯养动物，还制造工具。人们生活得越来越好了，对穿着也开始有了讲究。于是，黄帝就把改善人们穿着的任务交给了自己的妻子嫘祖。

那时候，部落里有专人负责制作衣服和鞋

人物剖析

这句话概括了黄帝带领人们进行的各种生产活动，体现了黄帝的伟大功绩。

① 嫘（léi）祖：传说中黄帝的妻子，发明养蚕缫丝。

词句赏析

这句话运用排比的修辞手法，写出了嫘祖带领人们制作衣服、鞋帽时分工明确，大家各司其职，间接表现了嫘祖出色的管理能力。

情节解析

嫘祖不满足于现状，想从功能和外观两方面改良衣服，这为后文情节的发展做了铺垫。

履，他们分工合作，有的负责制作帽子，有的负责制作衣服，还有人负责制作鞋子。而嫘祖主要负责为这些制作衣服的人提供原材料，比如，人们狩猎带回了野兽，她就将兽皮剥下来，然后由专人制成冬衣，这样就有了在冬天可以御寒的衣服。有时，嫘祖还带着部落里的女人们用麻线织成麻布，或者到山上剥树皮制成衣服，只要是能利用上的材料，她们都会想办法弄回来。

部落里的人协同合作，每个人都穿戴上了衣服和鞋帽。但是嫘祖觉得这些还不够，她一直想找到一种原材料，用它制成的衣服既能遮蔽身体，又看起来美观大方。嫘祖为了找到这种材料，茶不思，饭不想，整天沉思不语。

几个经常和她一起干活儿的女人看到嫘祖总是不开心，就想到山上采些野果给她吃，再顺便看看山上有没有什么好的材料可以带回来。于是，她们早早就出门，爬过一座座山，跨过一条条河，倒是见到了很多野果，但是一尝不是酸就是涩，一点儿都不好吃。她们就这样忙活来忙活去，一直到快天黑的时候也没找到可口的野果。就在她们马上要放弃，准备回家的时候，她们突然发现了一片桑树林，树上结着很多拇指大小的白色果实。她们从来没有见过这种果实，想着是珍稀的物种，于是赶紧摘了起来。那时候山上很危险，尤其是天黑以后，野兽到处流窜，所以她们也没顾上品尝一下味道，摘了满满一筐就赶紧下山了。

回到部落以后，这些女人想赶紧品尝一下这些白色果实的味道，想着如果美味的话就尽快给嫘祖送过去。她们把这些果实放到嘴里，发现它们不但什么味道也没有，口感还像干树皮一样，根本咬不动。几个女人面面相觑，看着装了一筐的“野果”愣了神。

她们不知道怎么办，只好去找嫘祖，并把事情的原委和嫘祖说了一遍。嫘祖听她们说完，觉得很蹊跷，她认为这肯定不是什么果实，便决定前去看看再说。她来到那筐“野果”跟前，拿起一个放在眼前仔细端详，发现这种“野果”是由一根根丝线组成的。她很快找到线头，抽出丝线并把丝线全部缠绕在木棒上，结果“野果”就消失了。嫘祖发现这些丝线不仅洁白，而且上面闪着亮光，看起来光洁漂亮。她赶紧问采回这些“野果”的那几个女人，这些东西是在哪座山头哪棵树上采摘的。在得知细节后，她高兴地对那几个女人说：“这不是野果，不能吃，却有大用处。你们可立了大功。”

嫘祖本来因为原材料的事情茶饭不思，身体已经很虚弱了，但自从她看到这些白色丝线以后，好像一下子就恢复了精神。她亲自带着那几个女人找到那座山，想一探究竟。嫘祖在桑树林

人物剖析

通过对嫘祖的动作描写，表现了她善于观察、善于思考的特点。

人物剖析

这句话写出了嫘祖不辞辛苦、事必躬亲的可贵品质。

里待了好几天，发现自己的猜想没有错，这种白色的线团确实不是野果，它实际上是由虫子吐出来的细丝缠绕而成的。她回来以后便将这件事告诉了黄帝，希望黄帝派人把那片桑树林保护起来，黄帝同意了。

从那以后，嫘祖便带着女人们用这种白色线团上缠绕的丝线织成布，然后再制成衣服。这种用丝线织成的布后来被称为“绢”，是一种极其珍贵的布料，用它制成的衣服美丽无比，表面上还闪着丝丝光亮。

后来，在嫘祖的带领下，女人们开始把这些虫子带回家里饲养，中国栽桑养蚕的历史就是从那个时候开始的。后世为了纪念嫘祖的这一发现，就尊称她为“先蚕娘娘”。

主题辨析

嫘祖养蚕的故事反映了远古先民试图突破自然条件的限制，改造自身生活环境的愿望，也体现了远古先民对美的追求。

仓颉造字

扫码获取音频

引言

传说仓颉在黄帝手下做官，黄帝派他专门记录圈里牲口的数目、囤里食物的多少。可是牲口、食物的数量经常发生变化，光凭脑袋记很容易忘记。仓颉整日整夜地想办法，先是用在绳子上打结的法子，用不同颜色的绳子表示不同的牲口、食物，用绳结的数量代表数目。但牲口数量一旦减少，就需要解开绳结，这种方法就比较麻烦了。仓颉开动脑筋，从观察天地万象、鸟兽脚印中找到了灵感，开始用符号来表示要管理的东西。这种符号就是文字的雏形。

相传，黄帝的手下有一个官员叫仓颉，他的职责是记录部落里囤积的粮食和牲口的总量。这件事看起来简单，但实际上，那时候并没有计数的方法，也没有文字，更何况牲口和粮食的数量经常发生变化，要想靠大脑记忆的话是非常困难的。这可使仓颉犯了难。

> **词句赏析**
>
> “没有……也没有……更何况……”这组关联词详细写出了仓颉记录部落里囤积的粮食和牲口总量的难度很大。

仓颉一边管理粮食和牲口，一边寻找简便易行的记录方法。一开始，他准备了几根很长的绳子，想通过打绳结来计数——用不同颜色的绳子来代表每一种牲口，每种牲口有多少头，就在这种颜色的绳子上面打多少个结。比如，部落里有二十头猪，就在黑色的绳子上打二十个结；有十五只鸡，就在红色的绳子上打十五个结。这种方法一开始还比较方便，但是很快就暴露了一个问题：牲口数量增加时打绳结很容易，但是数量减少时解绳结可就麻烦了。仓颉只能继续寻找更简便的方法。

后来，仓颉找来了很多形状和颜色都不一样的贝壳，然后把外表相似的贝壳归为一类，像串项链一样把它们串成一串。这一类贝壳就代表他管理的一种东西，然后他又串了很多串各式各样的贝壳“项链”。当粮食或牲口的数量发生变化的时候，他只需要在代表那种东西的贝壳“项链”里增加或者减少贝壳数量就可以了。这种方法既简便，又实用，所以仓颉用这种方法管理粮食和牲口很多年，一直都没出错过。

人物剖析

通过对仓颉用串贝壳的方法来管理粮食和牲口的详细描写，体现了他善于动脑、善于实践的精神。

黄帝见仓颉这样能干，叫他管理的事情也越来越多，大到负责部落每年的各种祭祀典礼，小到狩猎后的猎物分配、人丁增减的数量统计等。管理的事情一多，再使用系绳结、串贝壳的方法就难以解决问题了。仓颉又被难住了。他想：要怎么做才能不出差错呢？

情节解析

随着仓颉管理的事情的增多，系绳结和串贝壳的方法不再适用，仓颉只能另想办法。此处为后文情节做了铺垫，推动了故事情节的发展。

一天，仓颉跟随部落的队伍去狩猎，当大家来到一个“Y”字形路口的时候，几个有威望的老人因为走哪条路而开始争论起来：一个老人说朝东走，朝东走可以猎到羚羊；一个老人说往西走，往西有两只老虎，不把它们打死，整个部落都要遭殃；还有一个老人说去北边，北边不远处有一群鹿。仓颉很奇怪，这三个人为什么可以把前面有什么动物说得这么清楚呢？仓颉提出了自己的疑问，三个老人都说他们是观察了地上的脚印才知道前面有什么动物的。仓颉恍然大悟：既然一种脚印可以代表一种动物，那也可以用像脚印一样的符号来代表自己管理的

词句赏析

仓颉根据老人们辨识动物的经验，一下子找到了“用像脚印一样的符号来代表自己管理的东西”这个办法。“恍然大悟”四个字写出了仓颉善于观察思考、思维敏捷的特点。

东西啊。于是仓颉拔腿就往家跑。回到家以后，他开始用树枝在地上画来画去，创造出很多代表各种东西的符号。果然，仓颉用这种方法，把自己负责的那些杂七杂八的事情管理得井井有条。

黄帝知道仓颉找到了新的记录方法以后，非常高兴，便派仓颉到其他部落去传授这种方法。很快，这种用符号记事的方法就在所有的部落推广开了，而这些像动物脚印一样的符号就是最早的文字。

仓颉创造了文字，黄帝十分器重他，人们也对他交口称赞，他的名气越来越大。仓颉不免有点儿飘飘然，整天趾高气扬，不仅瞧不起别人，就连造字也变得马虎起来。

好事不出门，坏事传千里。很快，人们议论仓颉的话传到了黄帝的耳朵里，黄帝为此非常生气，但同时也希望仓颉能认识到自己的错误，尽快改正。于是，黄帝找来部落里最年长的老人商量。老人有一百二十多岁了，因此他长长的胡子上打了一百二十多个结。老人什么都没说，沉默了一会儿，便起身去找仓颉。

老人找到仓颉的时候，仓颉正在教部落里的人认字，老人没出声，在人群的最后坐了下来，认真地听仓颉讲课。仓颉讲完以后，其他人都走了，唯独老人依然坐在那儿，没有一点儿要走的意思。仓颉觉得很奇怪，就走到老人面前，问：

人物剖析

此处通过对仓颉创造符号的动作描写，表现了他善于实践、创造能力很强的特点。

词句赏析

成语“趾高气扬”指高高举步，神气十足，形容骄傲自满，得意忘形。这里用来形容仓颉随着名气越来越大，变得骄傲自满、得意忘形的状态。

"老人家，你怎么还不走呢？"

老人说："仓颉啊，你造的字现在家家户户都知道了，可是我老了，也糊涂了，有几个字我不明白，你能不能给我讲讲啊？"

仓颉见老人年纪这么大，傲气便稍稍收敛了一些，让老人快说是哪几个字不明白。

老人慢条斯理地说："你造的'马'字有四条腿，可是牛也是四条腿，为什么'牛'字没有四条腿，反而就剩一条尾巴了呢？我真是年岁大了，已经糊涂成这个样子，想不明白，所以只好来请教你了。"

仓颉一听这个问题，有点儿不知所措。原来，仓颉最开始造的字都是用一些简单的符号代表的，就像一幅幅简笔画一样，在造"鱼"字和"牛"字的时候，他都是根据这两种动物的特点造的字，可是在教人们认字的时候，他把原来代表"鱼"的那个字安到了"牛"的身上，把代表"牛"的那个字错安到"鱼"身上了。他造字的时候没问题，却在教别人认字的时候教反了。

仓颉羞愧得恨不得找个地缝钻进去，他意识到都是因为自己骄傲粗心才铸成大错。如今他已经把这些字教授给各个部落，传遍天下，现在想改都改不了了。他赶忙跪在老人的身边，虚心地承认了自己的错误。

老人把仓颉拉起来，拍着他的手说："仓颉

人物剖析

老人并没有直接指出仓颉的缺点，而是先用不明白的字请教仓颉，体现了他的谦逊和对仓颉的尊重。

人物剖析

老人慢慢引导仓颉认识到自己的错误，体现了老人的循循善诱、教导有方。其中，"年岁大了""糊涂""请教"等都是自谦之词，表现了老人的谦虚。

情节解析

在老人的引导下，仓颉最终认识到了自己的错误，故事情节达到了高潮。

啊，你创造的这些字能将我们老一辈人的经验记录下来并一代代地传下去，你做的事很伟大，世世代代的人都会记住你的。所以你要把这件事做好，千万不可让骄傲自大毁了它啊！”仓颉使劲儿点了点头。

从此以后，仓颉每造一个字都反复地琢磨，琢磨不透的时候就去征求人们的意见，一点儿也不敢粗心。每一个字都是他和大家一起商量之后才敲定下来的，他再逐一教授给各个部落。

人物剖析

对仓颉造字过程的详细描写，展现了仓颉的转变与成长，体现了他的认真负责、谦虚谨慎。

主题辨析

仓颉造字的故事反映了远古先民对汉字起源问题的解释，标志着当时人们的精神文明达到了一个新的高度。

阅读随记

主题探索

姓　　名：
年　　级：
阅读日期：

主题是文学作品所要表达的核心思想、情感和观点，是作者想向读者传达的最重要的信息。

常见文学主题

亲情	自由
友情	尊严
成长	爱
创造	责任
命运	信念
实践	勇气
生死	改变

以史为鉴	希望
社会现实	理想
批判丑恶	反省
成功经验	自然
克服困难	忠诚
生存意义	正义
骄傲自满	坚守

战争与和平
自我认知
知识探索
揭示人性
重视心灵
抓住机遇

以上是常见的一些文学主题。《仓颉造字》这个故事的主题是什么？圈出你觉得符合的主题。

扫码获取音频

伶伦始作音乐

引言

伶伦是黄帝的乐官，奉命创制乐律。他选用薄厚均匀的竹管做乐器，最初吹出的声音非常怪异，曾使黄帝的马受到惊吓。但黄帝不仅没有责备他，反而鼓励他，这使他更加刻苦地练习。后来，伶伦受到自然界凤鸟鸣声的启发，终于创制出十二音律。

词句赏析

通过描写人们对伶伦吹出的音调的评价和黄帝的马听到怪音的表现，侧面反映了伶伦刚开始吹出的音调很难听。

人物剖析

通过对黄帝鼓励伶伦的语言描写，说明了黄帝是一个宽容的、善于鼓励别人的人。

伶伦是黄帝的乐官，黄帝命令他创制乐律。伶伦取来嶰[①]溪之谷的竹子，用其中薄厚均匀的部分做成了竹管。

一开始，伶伦吹出来的音调没有阴阳之分，根本不成音律。人们讽刺他说："你吹竹管的声音，简直能把野兽都吓跑。"

有一次，黄帝正在练习骑马，刚跨上马背，忽然传来伶伦吹竹管发出的怪音。黄帝的马听到这种怪音，吓得前蹄腾空，仰头嘶叫，把黄帝从马背上摔了下来。

伶伦赶快跑过去把黄帝扶起来。黄帝非但没有责备伶伦，还鼓励他："你做的这个小竹管能把

① 嶰（xiè）：山涧。

我的马惊到，可见很不简单，将来一定能吹出好听的音乐来。”

伶伦听到黄帝的鼓励，惭愧地说：“我三年没有制成音律，这已是很大的罪过，您还这样鼓励我。”

黄帝说：“话不能这么讲，一根普通的竹管，上面钻了几个小孔就能吹响，这是你的发明和功劳，怎能说是‘罪过’呢？”说完，他便牵马走了。

在黄帝的鼓励下，伶伦更加信心百倍，整日苦练，但仍然吹不出和谐的音律来。

有一天，伶伦独自来到一座山上，躺在一块石头上冥思苦想，不知不觉睡着了。他睡得正香，忽然被一阵美妙的鸟鸣声唤醒。伶伦马上坐起来，揉了揉眼睛，仰头一看，只见树上有两只羽毛鲜亮、体形优美的鸟在鸣叫，声音婉转悠扬，十分动听。

伶伦屏气凝神，细心倾听，情不自禁地拿起自制的竹管，模仿鸟的叫声吹了起来。他正吹得起劲，两只鸟突然停止了鸣叫，展翅飞走了。伶伦急得又是招手，又是跺脚，可是鸟已经飞得无影无踪了。

伶伦回去后把此事报告黄帝，又把他学来的半生不熟的鸟叫声断断续续地给黄帝吹了一遍。

黄帝听后高兴地说：“这种鸟叫凤凰，是鸟

词句赏析

成语“冥思苦想”刻画了伶伦为了制成音律绞尽脑汁、深入思索的忘我状态。

人物剖析

通过对伶伦的神态描写和动作描写，体现了伶伦细心学习、亲身实践的优秀品质。

中之王。你能招来凤凰，是吉祥之兆。”

从此，人们便把凤凰停息的地方叫作“凤岭”。伶伦每天都来到凤岭，坐在一块大石头上，专等凤凰来鸣叫。果然，凤岭树林里不断有凤凰栖落。不过，落在这里的凤凰不一定都鸣叫。伶伦经过长时间观察发现，在鸣叫的凤凰中，凤的鸣叫声激越昂扬，凰的鸣叫声柔和悠长。每对凤凰栖落后，各鸣六声，然后合叫一遍，就飞走了。

伶伦根据凤凰鸣叫的两组六声，经过长时间的揣摩、推敲，终于创制出十二音律，受到了黄帝的赞扬。在此之后，伶伦又将各种飞禽走兽的叫声一一记录下来，不断丰富他所创制的音律。

词句赏析

“激越昂扬”“柔和悠长”分别是对凤和凰叫声特点的概括，体现了伶伦勤于观察、善于总结的特点。

主题辨析

伶伦创制十二音律的过程体现了远古先民对音乐的创制与探索，反映了当时人们对美的追求。

风后和他的指南车

扫码获取音频

引言

传说风后是黄帝的臣子，主司天文，预测风雨。中国古代的四大发明是对人类文明的重大贡献，其中的指南针至今还被广泛应用在航海事业中，而指南针的前身——指南车，就是由风后在黄帝大战蚩尤的战斗中创制的。

指南针的前身——指南车，最早是由谁创制的呢？这得从五千年前黄帝大战蚩尤说起。

传说黄帝和蚩尤对峙三年，交战数次，最后才打败了蚩尤。

在其中一场交战中，蚩尤眼看就要被打败了，这个时候，他急中生智，马上搬来救兵，请来风伯、雨师呼风唤雨，让黄帝的军队无法前进。黄帝也赶忙想办法，请来天上一位名叫旱魃的女神施展法术，制止了风雨，军队这才得以继续前进。

不料，蚩尤诡计多端，又施展出大雾，霎时浓雾遮天蔽日，黄帝的军队分不清东南西北，迷失了前进的方向。黄帝十分着急，马上召集来风后、力牧、常先、大鸿等大臣商量怎么办。

大家商量来商量去，也没得出什么好办法。风后苦苦思索，突然灵光一现，连忙告诉黄帝："臣听伯高说过，他在采石炼铜的过程中发现了一种磁石，能吸住铁。我们能不能根据这个原理，制造一件会指定方向的东西，这样就不怕迷路了。"

黄帝连声说：“好主意！好主意！那就请你赶紧把这个会指方向的东西造出来吧。”

风后接下这个艰巨的任务，带着几位大臣研究了几天几夜，终于制造出一个能指认方向的东西。风后把它安装在一辆战车上，车上再装上一个假人，假人的手指着南方。风后告诉士兵们，一旦被大雾迷住，就看指南车上的假人指着的方向，马上就可以辨认出东南西北来。

黄帝的军队由于有了指南车，再也不怕蚩尤的大雾了。

风后因年迈体弱，疾病缠身，不久就去世了。黄帝和百姓们都很难过，黄帝亲自选了一块坟地，把风后埋在了黄河北岸东南角的赵村。后人为了纪念风后的功绩，就把赵村改名为“风陵”，意思是风后的陵墓。

宁封制陶

扫码获取音频

引言

宁封对工作尽职尽责，呕心沥血地钻研制陶工艺。一天，他梦见各地的人们送给他很多陶器，醒来后他灵机一动，决定去观摩各部落的陶器制作工艺，以汲取经验。那么，后来宁封制陶的手艺有了什么变化呢？

传说黄帝时期，出了一位能工巧匠，名叫宁封。

宁封的母亲是个捏陶泥坯的女工，小宁封三岁时就跟着母亲去窑场，耳濡目染下，他也开始学着母亲的样子，捏各种各样的盆盆罐罐。母亲看他聪明好学，就教他捏制陶坯的手艺。年复一年，斗转星移，小宁封长大成人了，部落里委任他专门从事烧陶工作。

宁封对工作很负责，他一心一意地捏呀，烧呀，可是对自己烧出的陶器总不满意，认为它们不是粗糙笨拙，就是形状不正。宁封觉得自己对不起部落里的人，心里很愧疚，每天除了去窑场工作，其他时间干脆躲进自己的泥屋里，不跟外人接触，连妻子和他说话他都不理。他就这么闷

词句赏析

成语“耳濡目染”说明宁封经常看母亲捏陶泥坯，不知不觉受到了影响，也喜欢上了捏陶坯。

人物剖析

通过对宁封的动作描写，表现出他对工作认真负责、追求完美的性格特点。

闷不乐地待在屋里，每天靠妻子用陶钵把部落分配的饭食端回来给他吃。

有一天吃饭时，宁封想着陶器的事儿，又吃不下了。妻子看他一心扑在制陶上，累得又瘦又黑的，就叫他在草席上躺歇一会儿。说来也怪，往日里宁封根本睡不着，可这回身子一倒，就呼噜呼噜地进入了梦乡。他梦见自己踩着五色的彩云，走遍各个部落，各部落的人们送给他很多很多的陶器。那些陶器可好看了，样式别致，有尖的，有圆的，有方的，还有带盖儿的，陶器上还画满了各种各样彩色的花纹和图案，令人目不暇接。宁封不由得笑出了声，竟从梦里笑醒了。他连忙把自己的梦告诉了妻子。妻子高兴地说："这真是个好梦。你不如到外面转转，多看一看别的部落的陶器，或许就能制出更好的陶器了。"宁封正有此意，听了妻子的话，赶紧收拾行囊。部落首领知道了他的打算，送给他一匹马，宁封骑着马就出发了。

宁封这一走就是两年，妻子盼呀盼呀，总算把他盼回来了。宁封满载而归，拉回来一车陶器。他开始没日没夜地钻在这些陶器堆里，看呀，比呀，描呀，画呀，然后又取来陶泥盘一盘、捏一捏。宁封钻研了很久，打算尝试烧制一些新陶器。这一天，天还没亮，他就叫醒妻子，两个人摸黑来到窑场和陶泥。泥一和好，宁封就

词句赏析

这里运用排比的修辞手法，生动地写出了宁封梦见的陶器样式丰富、花纹和图案多样的特点，"目不暇接"一词更是用得十分贴切。

人物剖析

此处通过对宁封研究、捏制陶器的动作描写，体现了他潜心钻研、吃苦耐劳的可贵品质。

坐在草席上盘陶坯。他一会儿盘，一会儿捏，妻子端来的饭也没顾上吃。太阳都升到头顶了，他还在忙碌着。妻子心疼地给他戴了一顶竹笠，又端详着他捏的一大堆陶坯，高兴地说："好看呀，真好看呀！"宁封逗趣地说了一句："比我梦见的还好看哩！"

一个又一个坯子制成了，宁封和妻子把它们放在草棚下阴干。快干的时候，妻子蹬动转轮，宁封拿着陶坯在转轮上打磨。磨光后，宁封又和妻子用赭石在陶坯上画上图案。这次，他们不再描画过去那些简单的图形了。妻子心灵手巧：天上飞过一只小鸟，啁啾地一叫唤，她就几笔画出一只飞翔的小鸟；地上跑过一只梅花鹿，也没跑出她的手，她让梅花鹿静静地"站"在了陶盆的壁上；她想起了男人们捕鱼的渔网和捕回的鲤鱼，也把它们画在陶盆上；快到收获的季节了，她又想起全部落的人们在广场欢庆丰收的场面，就在陶钵上画了一圈手拉手舞蹈的人，这些人有男有女，舞姿活泼热烈，连宁封都称赞她画得好。他们还在陶罐上用指甲捏出排列有序的指甲纹，用绳子印出一排排的斜纹，有时也给陶罐做几圈堆纹和蛇纹。最有意思的是罐盖的把手，他们将把手捏成各种动物形象，有头上刺着锥纹的小鸟，还有顽皮站立的小兽。

日复一日的辛苦没有白费。经过几年时间，

人物剖析

通过对宁封妻子的动作、神态和语言进行描写，体现了她对宁封工作的大力支持，塑造出一位贤良的妻子形象。

人物剖析

通过对宁封妻子的动作描写，生动地写出了她绘制图案的美好过程。宁封妻子对生活中美好场景的回忆，说明了她是一个善于发现美的人。

情节解析

宁封制出的陶器美观实用，甚至用于与其他部落交换，从侧面体现了他制陶的成功，故事情节发展到了高潮。

主题辨析

宁封制陶的故事体现了古代人们对于富有吃苦耐劳精神的能工巧匠的景仰，反映了古代人们发展生产力和征服自然的强烈愿望。

宁封终于制出了非常优质的陶器。这些既美观又实用的陶器，不仅受到本部落人的喜爱，还被交换到其他部落，同样很受欢迎。部落首领把宁封制的陶罐献给了黄帝。黄帝看到那些浑圆而又精致的陶罐，眼前一亮。他仔细欣赏着上面的彩色图案，连声说："好，好！天下竟有这样的人才！"于是，他立即派人把宁封请来。黄帝详细询问了陶罐的制作情况后，对宁封大为赞赏，就委派他为陶正，专门管理制陶事务。

阅读随记

民间传说

鲲 鹏 展 翅

扫码获取音频

引言

传说中的鲲鹏一直是豪迈、宏伟的形象，而“鲲鹏展翅九万里”就是激励人们要有远大的志向，只有志向远大，前程才不可限量。

相传，盘古开天辟地以后，虽然他身体的各个部位变成了世间的万物，但是整个世界还是一片荒凉。在这个时候，北冥之海中出现了一种叫“鲲”的动物。鲲长得和现在的鲸比较像，是一种体形巨大的动物，也有人说鲲就是鲸。鲲可以化为鸟，名字叫鹏。

鲲有时候会发怒，它一愤怒，就会从水里飞出来，展翅高飞以后的两只翅膀就像天边黑压压的乌云一样，遮天蔽日。鲲生在春暖花开的时候，在气候变得寒冷以前，它就会变成鹏从北海飞向南海。它起飞后可以直入九霄，扇动翅膀掀起的狂风变成呼啸的冷风吹向北方的大地，让那里变得更加寒冷。

鲲鹏从波涛汹涌的北海向南方迁徙的过程中，就这样一直在九霄之上飞翔，它可以连续飞翔好几个月，中途既不休息，也不吃喝。在鲲鹏的眼中，此时大地上的森林、江河、田野都被一层雾气笼罩，

就像狂奔的野马成群结队地向前飞驰，身后产生了腾飞之气一样；在大地上微小得看不见的尘埃在空中看起来更加真切了，它们混合在一起，就像世间万物呼出的生命气息一样，那么生机勃勃。九霄之上的天空看起来更加广阔、无垠，而这些景象只有鲲鹏在天空中翱翔的时候才能真切地看到、感受到。

好词好句

好词摘录

展翅高飞　遮天蔽日

（摘录理由：写出了鲲的翼展之大，突出了它发怒时的气势。）

波涛汹涌　生机勃勃

（摘录理由：写出了大自然的壮美。）

好句摘录

在鲲鹏的眼中，此时大地上的森林、江河、田野都被一层雾气笼罩，就像狂奔的野马成群结队地向前飞驰，身后产生了腾飞之气一样；在大地上微小得看不见的尘埃在空中看起来更加真切了，它们混合在一起，就像世间万物呼出的生命气息一样，那么生机勃勃。

（摘录理由：写出了鲲鹏眼中大地生机勃勃的状态。）

九霄之上的天空看起来更加广阔、无垠，而这些景象只有鲲鹏在天空中翱翔的时候才能真切地看到、感受到。

（摘录理由：写出了鲲鹏拥有不同寻常的视野。）

扫码获取音频

干将莫邪[1]

引言

干将与妻子莫邪为楚王铸造了两把宝剑，一把雄剑称为“干将”，一把雌剑称为“莫邪”。由于干将铸剑耗时三年，楚王大为不满。干将知道楚王性格乖戾，便托莫邪将雄剑传给他们的儿子，只把雌剑献给了楚王。楚王果真将干将杀死了。干将的儿子长大成人后一心为父亲报仇。他复仇成功了吗？

干将是春秋时期楚国最有名的铸剑师。有一次，他为楚王铸剑，用了三年时间才铸好雌、雄二剑。楚王觉得他办事拖沓，非常恼怒，想要杀掉他。当时，干将的妻子莫邪已经怀孕，快要生了。

干将对妻子说：“我为楚王铸剑，三年才铸造成功，楚王很生气。这回我去送剑，恐怕难逃一死。咱们的孩子如果是个男孩，等他长大后，你就告诉他：‘出门望南山，松生石头上，剑在其背中。’”说完，他便带着雌剑去见楚王了。

干将见到楚王后呈上宝剑，楚王便叫来剑工查看干将献上的宝剑。剑工说：“剑应该有两把，一把雄剑，一把雌剑，这把是雌的，干将没有奉上雄剑。”楚王听罢大怒，就把干将杀了。

干将死后，莫邪生了一个男孩，起名赤鼻。赤鼻长大后，问他

① 干将音为 gānjiāng，莫邪音为 mòyé。

母亲:“我为什么从来没有见过我爹呢?他在什么地方?”母亲说:“你爹为楚王铸剑,用了三年才铸造成功,楚王心里恼怒,把他杀了。你爹临走的时候嘱咐我告诉你:‘出门望南山,松生石头上,剑在其背中。’”

赤鼻走出门,向南望去,并没看到什么山。他又回头一望,发现堂前的础石上有几根松木做的柱子。他心想,或许这就是“松生石头上”吧。于是他拿来一把板斧,把靠近门的一根柱子从后面劈开。果然,那把雄剑就藏在柱子里。赤鼻得到雄剑后,一心想杀掉楚王,为父亲报仇。

一天晚上,楚王做梦,梦见一个孩子。那孩子的额头很宽,两眉之间相距竟有一尺多。孩子声称要为父报仇。楚王醒来后心中不安,便叫画师画出梦中那奇怪孩子的头像,命人到处张贴榜文,悬赏重金捉拿那孩子。赤鼻听到榜文中所描述的形象和自己颇为相似,赶紧逃进深山。当他在山道上疾行时,想到父仇未报,不觉悲从中来。

这时,前方突然出现一个来自他乡的客人。他乡客看到赤鼻神色悲哀,就同情地问他:“你小小年纪,为何哭得如此悲伤啊?”赤鼻说:“我是干将和莫邪的儿子。楚王将我爹杀害了,我想报杀父之仇。”他乡客说:“听说楚王悬赏千金买你的头颅。把你的头和剑交给我吧,我去为你报仇。”

赤鼻说:“那实在是太好了。”说罢,他便毫不犹豫地抽出宝剑,割下自己的头来。赤鼻双手捧着自己的头颅和宝剑,一起交到他乡客的手里,只是身子还僵立着。他乡客说:“你放心,孩子,我绝不会让你失望的!”听他这么一说,赤鼻的尸体才倒了下去。

后来,他乡客带着赤鼻的头去见楚王,用计接近楚王后,果然成功杀掉了他。

扫码获取音频

夸父追日

引言

夸父是古代神话传说中的巨人，他为了使人们得到温暖而去追赶太阳，想让太阳多停留一会儿。当他快追上太阳时，却被太阳烤得口干舌燥。他喝干黄河和渭河的水，口渴仍没有缓解。他想去喝北方大湖的水，还没有走到那里就渴死了。夸父临死前抛掉手里的手杖，这手杖顿时变成了一片硕果累累的果林，供后来追求光明的人解渴。

北方的冬天寒冷而又漫长，无情的风雪像皮鞭一样抽打着饥寒交迫的人们。当时有一个叫夸父的巨人，在一个冰天雪地的冬夜里，他突然想：若能追上太阳，让它多停留一会儿，使这里的人们都能得到温暖，那该有多好啊！想到这儿，他兴奋极了，整个晚上都没有睡觉。

清晨，当太阳刚从东方升起，夸父就拿起手杖，大步流星地向太阳升起的地方飞奔而去。太阳跑得太快啦！但夸父跑得更快——太阳跑到哪里，他就追到哪里，东西南北都留下了他深深的足迹。近了，近了，只要再赶几步，就能追上太阳啦！近了，近了……

词句赏析

这里运用比喻的修辞手法，把风雪比作皮鞭，生动形象地写出了北方冬天的严寒令人难以忍受。

人物剖析

此处运用动作描写，四个“近了”更是运用反复的修辞手法，体现了夸父为了实现目标坚持不懈的精神。

可是，太阳喷射出来的炽热的火焰把夸父烤得口干舌燥。他一口气喝干了黄河水，又一口气喝干了渭河水，但还是渴得要命。一个过路人告诉他，北方有一个很大的湖泊，那里有源源不断的水，夸父便踏上了去往北方的路。他走啊，走啊，不知道走了多远，他累极了，也渴极了，可是依然没有找到那个湖泊。他再也坚持不住了，一下子摔倒在地上。

在临死前的那一瞬间，夸父回头看了看就要落下去的太阳，心中很是不甘。夸父使出浑身最后一点儿力气，用力把手杖扔了出去，这才轰然倒下。

词句赏析

夸父口渴，喝干了黄河水和渭河水都没有缓解，运用夸张的修辞手法，突出了夸父口渴的程度。

人物剖析

夸父死后，他的手杖变成长满果实的果林，造福于人，这一情节凸显了夸父无私奉献的精神。

主题辨析

夸父追日的故事反映了夸父胸怀大志、英勇顽强、为后人造福的精神，寄托了古代先民探索自然、征服自然的强烈愿望和顽强意志。

夸父死后，他的身体变成了一座连绵起伏的山脉，他扔出去的那根手杖变成了满山果林，果树上果实累累。过往行人走累了，只要摘了果子吃，顿时满口生津，再也不口渴了。

夸父虽然没有追上太阳，但他仍旧是一个英雄，他对理想的追求令人钦佩不已。

阅读随记

主题提炼

姓　　名:

年　　级:

阅读日期:

主题一般是通过人物塑造、情节叙述和语言体现出来的。在《夸父追日》中，有哪些句子能够体现作者的情感倾向、观点或核心思想？请找一找，摘录出来，并试着提炼故事的主题。

能够体现作者的情感倾向、观点或核心思想的句子：

从中可以提炼出的主题：

扫码获取音频

七仙斗花龙

引言

铁拐李、汉钟离、张果老、何仙姑、蓝采和、吕洞宾、韩湘子、曹国舅是我国民间传说中道教的八位仙人，关于他们最有名的故事就是“八仙过海”。相传，八仙在东海游玩时，何仙姑被花龙太子掳走，于是双方展开了一场斗法。最后，七仙获得胜利，救回了何仙姑，八仙顺利地渡过了大海。

传说，天上有八位上仙，七男一女，他们总是一起出去云游四方。有一次，他们听说东海的蓬莱岛景色宜人，便想结伴一起去游玩。八位上仙法力都很高强，本来腾云驾雾一眨眼就能到，可吕洞宾偏偏不肯。

原来，吕洞宾认为游玩的妙处就在于游的这个过程，如果直接飞过去，那还有什么意思呢。其他七位上仙觉得有道理，便同意了。于是吕洞宾拿过铁拐李的拐杖，往海里一扔，那拐杖就变成了一艘龙船。这龙船不仅漂亮，还很宽敞。

话说这海底龙宫里有个龙太子，他是龙王的第七个儿子，身上长着五颜六色的鳞片，生性跋扈、恶毒，人称“花龙太子”。这天，他因无聊，正在水晶宫外游荡，忽闻一阵歌声，便循着歌声去看个究竟，于是就看到了海面上八仙乘坐的那艘龙船。花龙太子并不认识这八位上仙，只是觉得他们每个人长得都很有特点，尤其当中还坐着一位妙龄少女。

见那少女面容清秀，桃脸杏腮，楚楚动人，花龙太子早已将龙母的教导抛到脑后，把师父南极仙翁的告诫甩到九霄云外，他看得入了迷，怔在那里一动不动。

此时，八位上仙正在龙船上游玩，本来平静的海面突然波浪翻滚，一个浪头拍了过来，把龙船掀翻了。张果老反应快，一个翻身便趴在了毛驴的背上；曹国舅心细，脚踩一块木板浮在了水面上；汉钟离打开大蒲扇放在脚下；韩湘子骑在了自己的笛子上；蓝采和抓住了花篮的边缘；铁拐李坐在了自己的葫芦上；最惨的要数吕洞宾，他是一点儿防备也没有，所以浑身上下都湿透了。

汉钟离看了看四周，总觉得哪里不对劲，一清点人数才发现不妙：刚才还是八个人，翻船之后，何仙姑不见了。汉钟离马上掐指一算，惊得张大了嘴巴——原来，何仙姑被花龙太子掳走了，现在正在龙宫里。

七位上仙气不打一处来，恨不得马上冲进龙宫，把何仙姑救出来。

花龙太子知道七位上仙不会放过他，于是就带着一队虾兵蟹将等在他们来龙宫的路上，准备迎战。花龙太子掀起的滔天巨浪以排山倒海之势朝七仙涌来。汉钟离首先出战。他鼓起肚子，像气球一样轻飘飘地降落在浪头，然后轻摆手中的大蒲扇，只听蒲扇扇出的风呼呼作响，一转眼那些虾兵蟹将就被吹到九霄云外去了，吓得天庭里的四大天王赶紧关上了南天门。花龙太子一看，连忙变了招数，他大喊一声“变”，只见水中突然出现一头巨鲸，张开血盆大口像要活吞了汉钟离一样。

这时候，汉钟离的蒲扇也不管用了，那头巨鲸离汉钟离越来越近，似乎非要置他于死地一样。

就在这时，空中传来一阵笛声，婉转悠扬，就连巨鲸也被这笛声吸引，像丢了魂一样，停在那里一动不动了。

吕洞宾抽出一把宝剑，朝着巨鲸砍了过去，没承想一剑下去，不仅没有劈到巨鲸，反而宝剑被弄得豁了一道口子。他仔细一看，眼前哪有什么巨鲸，分明是一块大石头。

吕洞宾气得火冒三丈，铁拐李却在一旁安慰他说："不要生气，让我来会一会他！"

只见铁拐李朝海里一招手，已经变成龙船的那根拐杖又恢复了原形，从海里飞了出来。铁拐李一把抓住拐杖，朝海里一砍，不料拐杖被什么东西吸住了，连带着铁拐李都跌进了水中。原来，花龙太子又变成了一只大章鱼，章鱼腿上的吸盘强劲有力，铁拐李的拐杖就是被这吸盘给吸住了。

铁拐李支撑不住了，眼看着就要被章鱼吸到肚子里了。说时迟，那时快，只见蓝采和朝章鱼扔出花篮，那花篮就像一口大钟一样朝着大章鱼罩了下去，眼看就要把章鱼制服了，没想到花龙太子又变成一条小海蛇，顺着缝隙逃跑了。

张果老顺势骑在毛驴上，朝那条海蛇追去。正当他马上就要拦住海蛇的去路时，不料毛驴被蟹精夹住了蹄子，疼得跳了起来，张果老没抓稳，重重地摔了下来。还好曹国舅眼疾手快，救起张果老，打死了蟹精。

来来回回几个回合，花龙太子都败下阵来。他决定破釜沉舟，于是现出原形，闪动着浑身五颜六色的龙鳞，张开锋利的龙爪，朝着七位上仙扑了过来。结果七位上仙各显神通，一齐围攻花龙太子，花龙太子实在招架不住，只能去请求龙王援助。

龙王本就知道花龙太子整天游手好闲，惹是生非，可没承想这次他得罪的是七位上仙，便把他大骂了一通。龙王不仅放了何仙姑，还给八仙赔礼道歉，并请南海的观音来说情，八仙这才作罢。

阅读随记

扫码获取音频

怪相真仙铁拐李

引言

铁拐李又称李铁拐，是八仙中资格最老的神仙。“铁拐李”这个名字的来历很有趣，能让我们看到这位神仙的另一面。

铁拐李的真名叫什么，众说不一。有人说叫李玄，有人说叫李凝阳，还有人说叫李孔目。但他的小名只有一个，那就是“拐儿”。

相传铁拐李生来身材魁梧，相貌堂堂。他曾跟随老子学道，隐居在岩穴之中。

有一天，他要跟着师父神游华山，暂时就把自己的躯壳留在了洞府中。临走时，他对弟子说：“如果七天七夜后我的神魂还没回来，就说明我已经得道成仙，你就把我的躯壳焚化了吧！”嘱咐完，他便飘飘悠悠地游山玩水去了。

铁拐李的弟子倒是很听话，在洞府中守着师父的躯壳寸步不离。弟子守了整整五天，到了第六天，他哥哥跑来给他送信，说老母亲生命垂危，临死前非常想见他一面，让他无论如何也要回去一趟。如果再晚一点儿，他可就永远见不到老母亲了。

弟子一听，急得就像热锅上的蚂蚁，恨不能生出双翅，马上飞到母亲的病床前。可是，他又想起了师父临走时的一再嘱托，让他一定要守到第七天。

眼下，再有一天就可以完成师父的嘱托了。弟子决定，无论如何也要把最后一天坚守下来。

到了第七天早晨，心急如焚的弟子看到师父还没回来，便有些沉不住气了。他好不容易熬到了中午。最后，他实在等不及了，便一把火焚烧了铁拐李的躯壳，急急忙忙跑回家中看望他的老母亲去了。

铁拐李在外面游玩了七天，到第七天傍晚时分，才风尘仆仆地赶回自己的洞府。一看眼前的景象，他顿时大吃一惊：弟子不见了，自己的躯壳也被火烧掉了。这可怎么办呢？

躯壳没了，神魂该归于何处呢？铁拐李无依无附，只好到处漂泊。

一天，他看到树林里有一具人的身体，便不管三七二十一钻了进去。失去肉体的游魂总算有了归依。可是当他站起来的时候，却觉得有些不大对劲，原来这具身体生前是个瘸腿的人。

铁拐李来到一个池塘边，想看看自己的模样。这一看可把他吓了一跳：只见他蓬头垢面，双目深陷，瘦得皮包骨。

正当他懊悔自己没有找到更好看的身体时，忽听身后有人说话："人不可只看相貌，真道应该到形体表相之外去求得。你只要用心修炼，便可以成为怪相真仙。"

原来是他的师父来了。听了师父这番开导，铁拐李茅塞顿开，再也不为自己的相貌而纠结了。

师父见他头发乱蓬蓬的，确实不像样子，便送给他一个金箍，让他束住乱发；又给了他一根铁拐杖，让他拄着走路。"铁拐李"的绰号就是这样来的。

从此，这个相貌奇特、腿瘸拄拐的神仙身背葫芦，云游四方，专为人们除灾解难。

扫码获取音频

吕洞宾画鹤

引言

关于八仙之一吕洞宾，还有这样一则传说：有一天，吕洞宾来到洞庭湖畔的一家小酒店中。原来，他听附近的人说这家小酒店的主人辛氏为人宽厚，乐善好施，童叟无欺，便想看看店主的为人是否如传言那样，于是决定来试探一下。那么，事实真如人们所说的那样吗？

一天，吕洞宾来到洞庭湖畔的一家小酒店中。他听附近的人说，这家小酒店的主人辛氏为人宽厚，乐善好施，童叟无欺，虽然店里的顾客不算少，挣的钱却仅够糊口，家境并不富裕。

吕洞宾很想看看店主的为人是否和传言说的一样。于是，他信步进了酒店，拣一处靠窗的座位坐下来，呼唤店主为他上酒菜。

店主辛氏见吕洞宾身着黄色长衫，腰系黑色丝带，头戴一方华阳巾，双眉入鬓，凤眼朝天，仙风道骨，一看就不是等闲之辈，便毕恭毕敬地伺候他。没想到，吕洞宾酒足饭饱之后却分文不付，大摇大摆地离店而去。辛氏竟也没有追出去向他讨要酒饭钱。

人物剖析

这里借店主之眼，详细描写了吕洞宾不同凡俗的外貌，塑造出一位超凡脱俗的神仙形象。

第二天中午，吕洞宾又到辛氏酒店大吃大喝了一顿。他吃完仍是二话不说，分文不付，抹抹嘴巴就走人。就这样，他在这家小酒店一连吃喝达半年之久，而店主辛氏竟也一直没有开口向他要账。

这一天，吕洞宾又来到辛氏的酒店。酒足饭饱之后，他把店主辛氏叫过来，对他说："我欠你的酒账太多了，现在请你给我拿几个鲜橘子来。"辛氏听了莫名其妙，心想，欠的酒账与橘子有什么关系呢？他虽然满腹疑惑，却还是答应着，给吕洞宾拿来了几个刚刚摘下来的鲜橘子。

吕洞宾接过橘子，剥下几片橘皮，走到酒店的白墙前面，在雪白的墙壁上画了一只黄鹤。这只黄鹤画得与真鹤一般大小，栩栩如生，仿佛马上就要展开翅膀飞起来了。

吕洞宾对辛氏说："只要你招呼一声，这只鹤就会飞下来，跟随歌声的节拍跳起舞来。现在就用这只鹤来报答你对我的款待吧！"说完，吕洞宾扬长而去。

后来，客人们到店里饮酒，辛氏只要招呼一声，那只黄鹤就应声从墙上下来，在客人面前跳起多姿多彩的舞蹈，为客人们助兴。跳完舞后，它还会自动飞回到墙上去。

人们听说这件事，都心生好奇，想亲眼看一看，于是便争先恐后地从四面八方赶来饮酒，借此一睹黄鹤起舞的风采。店主辛氏的生意越来越

人物剖析

酒店主人虽然并不富裕，但在半年里一直没开口向吕洞宾要账，表现出善良、宽厚的品质。

词句赏析

成语"莫名其妙""满腹疑惑"表现了店主对吕洞宾的举动十分不解的心态。

情节解析

吕洞宾用会跳舞的鹤来报答店主的款待，为后面故事情节的发展做了铺垫。

词句赏析

成语"争先恐后""四面八方"生动地写出了人们蜂拥赶到酒店来饮酒、看黄鹤起舞的热闹情景。

主题辨析

吕洞宾画鹤酬谢酒店主人的故事，反映了古人颂扬善良、宽厚的价值追求和对美好生活的向往之情。

好，没几年他就成了当地的一个大富翁。

这一天，吕洞宾又来了。店主辛氏一见是自己的恩人来了，立即摆上美酒佳肴，热情款待。席间，吕洞宾问辛氏："近来生意如何，客人来得多吗？"

辛氏非常高兴地说："托您的洪福，自从您给我画了那只鹤之后，店里每天顾客盈门。我现在的生活已经很富裕了。"

吕洞宾听罢，取出玉笛吹奏起来。那只黄鹤闻声便从墙上飞落下来。吕洞宾跨上鹤背，黄鹤展开翅膀，二者升空而去。

龙女拜观音

扫码获取音频

引言

东海龙王的小女儿既漂亮，又聪明，被龙王视若掌上明珠。可后来她为什么被逐出龙宫，又如何成了观音身边的童女呢？这里还有一段传说呢！

在观音身边，有一对童男童女，童男叫善财，童女叫龙女。龙女原是东海龙王的小女儿，她既漂亮，又聪明，深得东海龙王的宠爱，被视若掌上明珠。

一天，龙女听说人间要闹鱼灯，非常热闹，便向东海龙王吵着要去看。

东海龙王说："人间和龙宫不同，那里可不是你龙宫公主该去的地方啊！"龙女见状，心里暗想："你不同意我去，我就悄悄去！"

到了黄昏时分，龙女偷偷溜出宫门，顺着潮水上了岸。她摇身一变，变成一个渔家少女的模样，来到海边的一个镇子上。镇子上正在闹鱼灯，人山人海，十分热闹。龙女长这么大，还是第一次看到这种场面，她非常兴奋，全神贯注地站在一座灯山前，看得出了神。

这时，不知什么人从阁楼上泼下半杯冷茶，正好泼在龙女头上。龙女大吃一惊，心中暗暗叫苦不已——凡是变成了人形的龙，沾不得半滴水，一沾到水，就再也保不住人形了。龙女心急如焚，她害怕自己在大街上现出原形，引起人们的恐慌，若是因而招来风雨，后果更是不堪设想。于是，龙女赶紧挤出人群，拼命地向海边跑去，想迅速返回龙宫。可是，她刚跑到海滩上，就一下子变成了一条很长的大鱼，躺在海滩上张着嘴，半点儿也动弹不得。

这时，从远处走来两个捕鱼的小伙子，他们看到这条躺在沙滩上的大鱼，一下子愣住了。“这是什么鱼啊？怎么会在沙滩上呢？”两个人一边说，一边围着大鱼打量了一阵子，然后扛起大鱼，准备带到集市上卖掉。

当晚，观音正在紫竹林打坐，将刚才发生的事情看得一清二楚。她动了慈悲之心，对站在身后的善财童子说：“你快到那座镇上去，把那条大鱼买下来，然后送到海里放生吧。”

善财点头称是。他急忙抓了一把香灰，将其化作一把碎银，然后踏着一朵莲花直奔小镇。

这时，大鱼已被扛到街上，一下子就被观灯的人围住了。可是，谁也不敢买这么一条大鱼。有个老头说：“这条鱼太大了，把它斩开零卖吧。”其中一个小伙子觉得老头说得有道理，于是向肉铺借来一把肉斧，举起来就要砍下去。突然，一个孩子叫开了：“快看啊！大鱼流眼泪了。”

举斧的小伙子一看，大鱼果然流下两串晶莹的眼泪，吓得他丢掉肉斧就往人群外面钻。另外一个小伙子见状，赶紧拾起肉斧要砍。这时，一个气喘吁吁的小和尚跑过来阻止：“不要砍！不要砍！这条鱼我买下了。”众人一看，十分诧异：“小和尚怎么买鱼来了？”

小和尚赶紧说：“我买这条鱼是去放生的！”说着，他掏出一把碎银，递给那两个小伙子，并请求他们帮忙将鱼扛到海边。

三人来到海边，将大鱼放进了海里。只见那条大鱼刚一碰到海水，就打了一个水花，游出了很远，但它很快又掉转身来，向小和尚点了点头，之后就不见了。一转眼，小和尚也消失不见了。

再说东海龙宫里，自从龙女不见后，宫里宫外乱成一团。东海龙王既担心又生气，派出虾兵蟹将四处寻找。直到天亮，龙女回到龙宫后，大家才松了口气。东海龙王怒气冲冲地呵斥龙女道：“你胆敢违犯宫规，私自外出！说！到哪里去了？”

龙女一看父王动怒，便说出了事情的原委。东海龙王听后，脸上顿时神色黯然。他担心此事让玉皇大帝知道，自己会落个教女不严的罪名。他越想越气，一怒之下，竟将龙女逐出了龙宫。

龙女伤心极了，她望着茫茫东海，不知该到哪里去安身。她哭泣着到处徘徊。哭声传到紫竹林，观音一听就知道是龙女来了，赶紧吩咐善财去接应龙女。

龙女对善财说清了事情的原委后，二人便一起走进了紫竹林。龙女一见观音端坐在莲花台上，俯身便拜。观音很喜欢龙女，便收她为徒，教她法术，让她和善财像兄妹一样住在潮音洞附近的一个岩洞里，这个岩洞后来被称为“善财龙女洞”。

扫码获取音频

牛郎和织女

引言

从前，有一个叫牛郎的小伙子，娶了王母娘娘最小的孙女织女为妻，还有了一对儿女。玉皇大帝和王母娘娘知道后非常愤怒，派天兵天将把织女带回天庭问罪。牛郎去追织女，却被王母娘娘用金钗划出的银河挡住了。后来，他们坚贞不渝的真情感动了玉皇大帝和王母娘娘，一家人被允许在每年七月初七的晚上相聚一次。喜鹊也会在这一天在银河上搭起鹊桥，帮助他们相会。

从前，在一座山脚下生活着一户人家，家里有兄弟俩相依为命。但是好景不长，哥哥娶了亲，嫂嫂是个蛮不讲理的女人，她自己好吃懒做，却嫌小叔子牛郎吃得太多，整天闹着分家。哥哥没有办法，为了图清静，便和弟弟牛郎商量分家的事情。

牛郎从小心地善良、憨厚老实，他不愿让哥哥为难，便同意分家。牛郎希望把自己一直喂养的老牛和一张犁留给自己，其他什么也不要。嫂嫂一听，爽快地答应了。

就这样，牛郎带着老牛和一张犁搬到了一个破草棚去住。这个破草棚四面漏风，下雨的时候草棚里更是漏雨漏得一塌糊涂。但是牛郎一点儿都不抱怨，他找来一些茅草，把草棚修葺了一下，然后把里面收拾得干干净净，这样总算有一个像样的家了。老牛年岁大了，牛郎为了让它舒服一些，给它搭了一个牛棚，虽然比较简陋，但最起码不用担心日晒雨淋了。

牛郎每天都牵着老牛、拉着犁到地里干活儿，他怕老牛劳累，所以经常停下来休息。一天的农活儿忙完后，他再牵着老牛回到家。牛郎有个爱好，就是吹笛子。所以每当从地里回到家，吃过晚饭以后，他就坐在牛棚外面吹笛子打发时间。就这样过了很长时间，有一天晚上，牛郎照例坐在牛棚外吹笛子，吹着吹着，突然听到有人叫他。他环顾了一下四周，发现除了老牛之外没有任何人。他觉得很奇怪，又接着吹了起来。这时，他又听到那个声音说话了：“牛郎，别吹了，是我，我是你牛大哥。”牛郎一听，原来是老牛张嘴说话了。他既诧异，又高兴，赶紧放下笛子，和老牛聊了起来。

原来，这老牛原本是天庭里的一位神仙，因为触犯了天条，被玉皇大帝贬到人间变成了一头牛。玉皇大帝希望它能踏踏实实地修行，之后再重返天庭。从这以后，牛郎和老牛就经常在夜深人静的时候聊一会儿天，有时候牛郎吹笛子，老牛就在一旁安静地聆听。

又过了一段时间，一天晚上，老牛又说话了，它对牛郎说：“明天是三月十五，太阳落山后你到河边去，河岸上有一棵树，树枝上会挂着七件女人的衣服，你什么也不要管，只管拿起其中一件，躲起来就可以了。而被你拿走衣服的那位姑娘将会成为你的妻子。”牛郎是个纯朴善良的小伙子，听老牛这么一说，本不想这么做，但他一听老牛说自己会找到妻子，也就高兴地应了下来。

第二天太阳落山以后，牛郎来到河边，果然见到岸边的树上挂着七件衣服。于是，他按照老牛的叮嘱，拿起了其中一件抱在怀里，找了个地方躲了起来。河里传来一阵欢笑声，原来河里有七位姑娘正在洗澡。牛郎不小心踩到了一根枯树枝，只听枯树枝咔嚓一声，断了。在河里洗澡的七位姑娘闻声后纷纷从河里飞了出来，其中有六位姑娘拿起自己的衣服穿好，急匆匆地朝天上飞去了。只剩下一位年龄最小的姑娘，她找不到衣服，便急得哭了起来。躲在树后面的牛郎不忍心，就走了出来，他背对着姑娘，说："别着急，我这就把衣服还给你。"

原来，这姑娘是王母娘娘最小的孙女，名叫织女。她住在银河的东面，会用一种神奇的丝线织出天上的云彩，她织出来的云彩可以根据时间和季节的变化而改变色彩。玉皇大帝和王母娘娘都用这云彩制作衣裳。

牛郎和织女于是结为夫妻，婚后男耕女织，非常恩爱。一年后，他们生下一双儿女，两个孩子长得都非常可爱。牛郎和织女以为他们可以一直这样幸福美满地生活下去，不承想，玉皇大帝和王母娘娘打算制作衣裳的时候，发现了织女不在天庭，而是到人间和凡人结了婚，还生了孩子，他们非常愤怒。他们马上派遣天兵天将，到人间把织女抓回天庭问罪。王母娘娘怕天兵天将动恻隐之心，还亲自跑来监督。

织女被天兵天将抓走了，她与牛郎和孩子被生生地拆散了。这时候，老牛又开口了，它说："牛郎，我马上就要死了，我死后，你把我的皮剥下来，然后披在肩上，这样你就可以追上织女了。你要快去把她追回来。"

老牛说完，便倒地死去了。牛郎按照老牛说的，把牛皮披在肩上，然后把一双儿女装在篮子里，挑上篮子就朝天庭飞去。他很快就追上了被押解着的织女和那些天兵天将。他呼唤着织女的名字，而篮子里的孩子也哭喊着找母亲。织女听见呼喊声后伤心无比，她挣脱开天兵天将，朝着牛郎和孩子跑了过去。就在他们夫妻二人马上要抓到彼此的时候，站在不远处的王母娘娘见状，从头上取下一枚金钗，用它在牛郎和织女中间画了一道线。只见那道线瞬间变成了一条银河，将牛郎和织女隔在了银河的两边。

织女瘫倒在银河边上，望着河对岸的丈夫和一双儿女却无能为力，伤心地哭了起来。银河这边的牛郎也焦急万分，他没法跨过银河，篮子里的两个孩子也绝望地哭了起来。这时，牛郎忽然想起刚才来的时候，为了平衡两个篮子，他在其中一个篮子里装了一只葫芦瓢。他赶紧把那个葫芦瓢拿出来，开始舀银河里的水，他一边舀，一边对织女喊道："你别着急，等我把这银河水舀干后，咱们一家就能团圆了。"

就这样，牛郎一直用这只葫芦瓢舀那银河里的水，他舀累了，就换自己的一双儿女接着舀。他们舀了不知多少年，终于感动了玉皇大帝和王母娘娘，玉皇大帝和王母娘娘特赦这一家人可以在每年的七月初七晚上相见一次，至于怎么见面，还要他们自己想办法。

于是，每年的七月初七到来的时候，牛郎和织女就早早地等在银河边。他们之间的真情感动了喜鹊，成群结队的喜鹊在银河上搭出一座桥。这样，牛郎和织女终于能在鹊桥上相会，相互诉说对彼此的思念之情。

哪吒闹海

扫码获取音频

引言

传说大将军李靖的夫人生下一个肉球，李靖认为它是不祥之物，一剑劈开，却蹦出一个男孩，这就是神童哪吒。哪吒自幼喜欢习武。有一天，他在东海里嬉戏，搅得东海龙王的水晶宫不断晃动。东海龙王先后派夜叉和三太子去海面上和哪吒对战，皆被哪吒打死。东海龙王得知此讯勃然大怒，降罪于哪吒的父亲。小哪吒不愿牵连父母，于是自绝了性命。后来他脱胎换骨，起死回生。

从前有一位叫李靖的大将军，他和他的夫人马上要迎来自己的第三个孩子。本来这是件非常高兴的事，可是这个孩子迟迟不出生，把李靖的夫人折磨得叫苦连天。

一天，李靖的夫人终于生产了，可是生下来的却是一个圆滚滚的肉球。这个肉球在地上滚来滚去，使身为大将军的李靖震惊不已，他感叹道："这哪里是个孩子啊，分明是一个妖怪！"说完，他举起宝剑，猛地朝那个肉球劈去。

可万万没想到的是，肉球被劈开后，从里面蹦出一个男娃，圆嘟嘟的脸蛋，甚是可爱。

李靖惊呆了，一时之间不知如何是好。这时，一位道人来到他的家里，并好像已经知道他的难处一样，对他说："恭喜大将军，贺喜大将军！我听闻夫人生了个男孩，这男孩可不一般，将来定会有大出息，所以我特地赶来收他为徒。”

说完，他便递给李靖一个项圈和一条红绫，并紧接着说：“这两样东西是送给我徒儿的，它们是乾坤圈和混天绫，日后定能派上大用场！”之后，道人给这个男孩取名“哪吒”。

在哪吒七岁那年的夏天，天气炎热，为了能凉快一些，哪吒便跑到海里玩耍。哪吒脱了衣裳，把混天绫放在水里，蘸水洗澡。谁承想，海水下面的东海龙王的水晶宫可因此遭了殃——哪吒每摆动一下混天绫，水晶宫就会晃动一下。东海龙王坐不住了，赶紧派遣巡海夜叉到海面上查看。

夜叉来到海面上，见是个小娃娃在戏水，便二话不说，举起长矛向他刺去。哪吒只微微向旁边闪了下身，就让夜叉的长矛刺了个空。紧接着，哪吒拿起乾坤圈朝夜叉扔了过去，结果不偏不倚正好打在了夜叉的脑袋上，夜叉当场毙命。

东海龙王听说自己派出去打探情况的夜叉被一个小娃娃打死了，气得大发雷霆，便叫自己的三太子前去出战，定要把那小孩绑来问罪。于是，三太子就带着一群虾兵蟹将浩浩荡荡地冲出了海面。

三太子来到海面上后，便质问哪吒：“就是你打死了我父王派来的夜叉？”

哪吒说：“没错，是我。这也不怪我，我好好地在这儿玩，那夜叉上来一句话不说就要用长矛刺我，我只是用我的乾坤圈轻轻碰了他一下，他就一命呜呼了，太不堪一击了。”

三太子一听大怒，举起武器就朝他挥去。哪吒不动声色，巧妙地躲过了几招，可是三太子步步紧逼，哪吒一气之下，将混天绫展开扔向天空，天空马上喷出团团火焰，把三太子围困在中间，使他动弹不得。紧接着，哪吒又将乾坤圈扔向三太子，把三太子也打死了。那群虾兵蟹将被吓得屁滚尿流地逃回海里去了。

三太子死后便现出了原形，原来是一条小白龙。哪吒想到父亲正好缺一条腰带，他就打算将这小白龙的龙筋抽出来，为父亲做一条腰带。于是哪吒便把小白龙的龙筋抽出来，带回了家。

东海龙王得知三太子被小娃娃打死后，又气又恨，于是来到李靖的家里，想要讨回公道。

东海龙王气冲冲地对李靖说："你的好儿子哪吒，不仅把我的龙宫搅得稀巴烂，还打死了我的夜叉和我最疼爱的三太子！"

李靖一边安慰东海龙王，一边说："您是不是有什么误会呢？我的儿子哪吒还是个孩子，他才七岁，哪来的能耐能打死三太子呢？"

东海龙王说："你不信可以去问问他，难道我还能编瞎话不成？"

李靖便从前厅走到后院，又到花园里去找哪吒，可是都不见他的踪影。原来哪吒正躲在自己的房间里，用小白龙的龙筋为父亲制作腰带呢。

李靖好不容易找到了哪吒，问道："我到处找你，你躲在这里干什么？"

哪吒说："父亲，我今天打死了一条小白龙，龙筋正好能给您做一条腰带。您看，我这不正在给您做腰带嘛！"

李靖一听，顿时感到天旋地转，他知道哪吒这回闯了大祸，便带着哪吒去向东海龙王认错。没承想，哪吒见到东海龙王，不仅不认错，还振振有词地说道："我也不是故意要打死小白龙的，只是他不依不饶，我让了他好几次，他还是不放过我。我哪知道他那么不堪一击！你看，这是从他身上抽下来的龙筋，你若想要，还给你就是了。"

东海龙王看到三太子的龙筋，更加伤心了，他气愤地说道：“我的儿子决不能就这么无缘无故被你打死。我要到天庭去告你的状，让玉皇大帝给我评评理！”说完，他便驾着云彩到天庭去了。

哪吒一听东海龙王要去天庭告状，担心自己给父亲惹上麻烦，于是便趁父亲不注意溜出了门，想赶在东海龙王到达天庭之前把他拦下来，这样他就没法到玉皇大帝那里告状了。

哪吒很快就赶到了南天门，他等了半天才看见东海龙王的身影。哪吒见东海龙王要进南天门，就拦在他的面前，说：“老龙王，你别去告状了，是我错了！”

可是东海龙王还是坚持要去天庭告状。这可把哪吒惹恼了。他将东海龙王打倒在地，攥紧拳头逼问道：“说，你还去告状不？”

东海龙王依然坚持说：“你还敢打我？这个状我非告不可！”

哪吒气得火冒三丈，便用手一片片地揭去龙王身上的鳞片，疼得东海龙王直喊“救命”，再也不敢去告状了。

哪吒这才罢休。他怕东海龙王反悔，于是叫他变成一条和蚯蚓差不多大的小龙，带着他一起回家去了。

李靖看到哪吒像什么事都没有的样子回来了，深吸了一口气。哪吒见状，说道：“父亲，您不用担心，东海龙王不会去天庭告状了。”

李靖说：“你闯了大祸，还在这里胡说八道！”

“真的！我在南天门拦下了东海龙王，他已经答应我不去告状了。”

李靖哪里肯相信他说的话，一边叹气，一边摇了摇头。哪吒见状急了，说道：“您如果不信，就亲自问问他，看看我说的是不是真的！”

李靖说：“东海龙王已经去天庭告状了，我去哪里问他呢？”

“我都说了东海龙王不去告状了，他现在就在我的袖子里呢！”他说着抖了一下袖子，只见从里面飞出一条小龙来。那条小龙一落地，就变成了东海龙王的模样。

东海龙王见到李靖，越发气愤，便将在南天门发生的事情对李靖讲了一遍，然后说：“哪吒欺人太甚，我现在就去找南海、北海、西海的龙王，就算把这里全部淹没，我也要为我的儿子报仇！”说完，他便化为一缕清风飘走了。

没过多久，南海、北海和西海的龙王都来到了李靖家门前，他们还带了很多虾兵蟹将。李靖一看这阵势，急忙走上前去给四位龙王赔罪。东海龙王不由分说，命令手下将李靖绑了起来。这时，哪吒从院子里跑出来，对东海龙王说：“犯错的是我，你不要为难我的父亲。你快把他放了，我一人做事一人当，要杀要剐随便你！”

东海龙王气得牙根直痒痒，说道：“我就是要你的命，给我的儿子报仇。”

哪吒说：“好，你要我的命，我给你！”说着，他抽出宝剑就把自己杀死了。

哪吒死后，四位龙王也无法再难为李靖，便给他松了绑，各自回龙宫去了。

哪吒的师父得知哪吒的死讯后，不慌不忙地到莲花池里采来了莲花、荷叶和藕。他用它们摆成了一个人形，然后嘴里不停念叨着：“哪吒，哪吒，还不快快起来！”

不一会儿，那由莲花、荷叶和藕摆成的人形就变成了哪吒的模样。活过来的哪吒揉了揉眼睛，就像刚刚睡了一个美美的觉一样。

哪吒的师父把哪吒复活后，又送给他两件宝贝：一把火尖枪和两个风火轮。现在，哪吒颈戴乾坤圈，身披混天绫，肩扛火尖枪，脚踩风火轮，别提多威风了！

阅读随记

阅读心得

《中国神话传说》读后感

作为中华文化的一部分，神话传说就像一颗灿烂的明珠，闪耀着夺目的光彩。通过阅读本书，我认识了神话传说中的许多英雄人物，他们的光辉事迹就像茫茫暗夜里的一道闪电，给我的灵魂以震撼和光明。每当遇到坎坷与困难，想想他们，总能让我精神鼓舞，重拾战胜挫折的力量和信心。

女娲是我最喜欢的神话人物之一。她神通广大，见大地上缺少生气，便照着自己的样子用黄泥捏成了人，还把这些小人儿分成了男女，让他们繁衍后代，堪称人类的始祖。女娲还是人类的守护神。共工撞倒不周山后，天塌地陷，人们遭受磨难，女娲便炼五色石补天，又杀死一只大龟，斩下它的四只脚来支撑天空，还杀死恶龙，赶走各种恶禽猛兽，使人们的生活得以安宁。

还有射日的羿，他的英雄形象令我神往、着迷。曾经多少次我也幻想着像他一样挎着神弓，行走于祖国的高山大川，保卫人民的安全，为人类的和平、安宁和幸福做出自己的贡献。

读了《中国神话传说》，我还从这些传说故事中侧面了解到我们的祖先生活在怎样的环境之下——我们现在能够种植五谷，来源于神农氏的不懈努力；我们今天能兴修水利，大禹的疏导之法功不可没。我还知道，我今天能打开书本，阅读一篇篇神奇有趣的神话传说故事，得益于仓颉的聪明创造；还有那锅底下熊熊燃烧的火焰，原来竟是我们的老祖宗用燧木钻凿摩擦出来的奇迹……

这些故事尽管有着神话色彩，但其中反映出的先民的勇气和智慧是不容置疑的。

《中国神话传说》虽然篇章不是很多，但每一篇故事都充满了神奇的魅力，它们就像我最忠实的伙伴，陪我度过幸福与快乐的童年。

核心素养阅读任务

阅读任务一：整本书阅读

1 我们生活的世界是如何产生的？人类是从哪里来的？风雨雷电是如何形成的？山川河流为何是今日这般模样？……在现代社会，这些问题已经有了科学的答案。然而，在科学并不发达的古代，我们的祖先也早已有了这样的疑问。

两千多年前，战国时期的楚国大诗人屈原曾作《天问》，对宇宙万物提出自己的疑问。下面是郭沫若对《天问》片段的白话译文，请你读一读，并说说从中获得了哪些信息。

请问：关于远古的开头，谁个能够传授？
那时天地未分，能根据什么来考究？
那时混混沌沌，谁个能够弄清？
有什么在回旋浮动，如何可以分明？
无底的黑暗生出光明，这样为的何故？
阴阳二气，渗和而生，它们的来历又从何处？
穹隆的天盖共有九层，是谁动手经营？
这样一个工程，何等伟大，谁个是最初的工人？

2 （1）在神话传说中，有一些美丽的地方。读读下面这些描写，你有什么发现？

片段一

山上有黄金打造的宫殿，白玉筑成的栏杆，是神仙们安乐的家。那里所有的飞禽走兽都是白色的，到处都有着奇特的树。这些树也开花结果，结的果子是美玉和珍珠，味道很不错，吃了可以长生不老。神仙们都穿着纯白的衣裳，在波涛汹涌的海面上，在碧蓝如洗的高空中，像鸟儿一样自由地飞翔着。

片段二

燧明国是一片洪荒之地，太阳的光芒和月亮的光辉都无法到达这里，终年不见天日，昼夜不分。

这里生长着一种高大无比的树，人们将其称为“燧木”。燧木的树枝向四面伸展，甚至伸展到几十里以外的地方，它的枝叶遮天蔽日，几乎密不透风。

虽然燧明国常年见不到日月之光，但这里并不是漆黑一片。因为燧木树下长久地闪着火光，这些火光就像无数个小太阳一样，把树下的世界映照得分外明亮，如同白昼，所以燧明国人的生活丝毫不受影响。

（2）请思考，为什么远古先民要将理想的国度描绘成这样？

3 神话是远古时期的人们创造的。那时候的人以当时的思维方式、智力水平和生活经验去探索自然、探索世界，以便消除由未知造成的恐惧心理。神话反映了远古先民对自然和文化现象的理解。因此，神话对他们而言是真实而神圣的。阅读下面这段话，并思考：在阅读和讲述神话时，我们应该注意什么？

我国著名作家和神话学家茅盾认为，神话是一种流行于上古民间的故事，所叙述的是超乎人类能力以上的神们的行事，虽然荒唐无稽，但是古代人民互相传述，却信以为真。

4 读一读，猜猜下面各项描述的是哪个神话人物。

（1）她用黄泥捏出了人类，大地从此便有了生命。（　　　）

（2）他亲尝百草，使人们的生命健康有了保障。（　　　）

（3）她被淹没在大海之中，魂魄化作小鸟，衔来石子不停地投入大海。（　　　）

（4）她偷吃不死药后升上天空，怀抱玉兔，在月宫遥望亲人。（　　　）

（5）他带领百姓战胜洪水，曾经三过家门而不入。（　　　）

（6）他从天地万象、鸟兽脚印中找到灵感，从而创制出文字。（　　　）

5 下面这些图片描绘的是哪些神话故事呢？

（　　　　）　（　　　　）　（　　　　）

6 世界是怎样形成的呢？我们的祖先用丰富的想象给出了自己的答案。请你填写下面的表格，整理出中国古代神话中的部分“发明”。

人物	“发明”	具体做法

阅读任务二：文学阅读与创意表达

1 列出你心中的神话英雄，完成下面的“中国古代神话英雄排行榜”。

中国古代神话英雄排行榜		
英雄星级	名字	推荐理由
五星英雄 ☆☆☆☆☆		
四星英雄 ☆☆☆☆		
三星英雄 ☆☆☆		

2 “大禹治水”的故事一直为人们所传诵。在神话中，治水不仅是大禹一个人的功绩，还离不开一个人，那就是他的父亲鲧。鲧是怎样治水的？你认为他算不算是一位英雄呢？

3 神话故事也影响着我们汉语言的形成和发展，汉语中的很多成语就来自这些奇妙的神话故事。请阅读下面的描述，写出相应的成语。

（1）他用巨斧劈开混沌，使天、地分离。(　　　　　)

（2）她为了人类，炼五色石补天。(　　　　　)

（3）他为人类带来火种，教人们用钻木的方法取火。(　　　　　)

（4）为了把大海填平，她永不停息地衔拾石子。(　　　　　)

（5）古时候太阳有十个，他们是十兄弟。有一天他们不顾天帝的命令，全都跑到天上，使生灵涂炭。(　　　　　)

（6）八位神仙腾云驾雾从东海上经过。(　　　　　)

4 不止很多成语出自这些神话故事，古代诗人写诗时，也常常引用这些奇妙的神话故事。阅读下面两首诗，从中你读出了哪些神话故事？

嫦　娥

[唐] 李商隐

云母屏风烛影深，长河渐落晓星沉。
嫦娥应悔偷灵药，碧海青天夜夜心。

秋　夕

[唐] 杜牧

银烛秋光冷画屏，轻罗小扇扑流萤。
天阶夜色凉如水，坐看牵牛织女星。

阅读任务三：思辨性阅读与表达

1 自古以来，人们便认为劳动是一分耕耘，一分收获。人们敬佩那些通过劳动获得幸福、为人类造福的人，于是在想象中将这些人奉为神明。苏联作家高尔基说过："在原始人的观念中，神并非一种抽象的概念、一种幻想的东西，而是一种用某种劳动工具武装着的十分现实的人物。神是某种手艺的能手、人们的教师和同事。"结合《中国神话传说》，说一说你怎样理解这段话。

2 精卫即便日复一日、年复一年地填海，也不可能将海填平；夸父为了追到太阳，留住温暖，失去了宝贵的生命……这一切有意义吗？请你们辩一辩，说明理由。

项目	正方	反方
理由 （不少于三个）		

3 神话中英雄们所表现出的劳动方式都比较特殊，这是由于古代先民生产力低下，长期被生存的困难和与自然灾害做斗争的困难所压迫，因此，他们通过虚构的神话来表达征服自然的信心，鼓舞人们的劳动热情。在《中国神话传说》中，还有哪些情节像燧人氏钻木取火一样，也响彻着劳动的回音呢？完成图表，并说一说这些劳动有什么共同点。

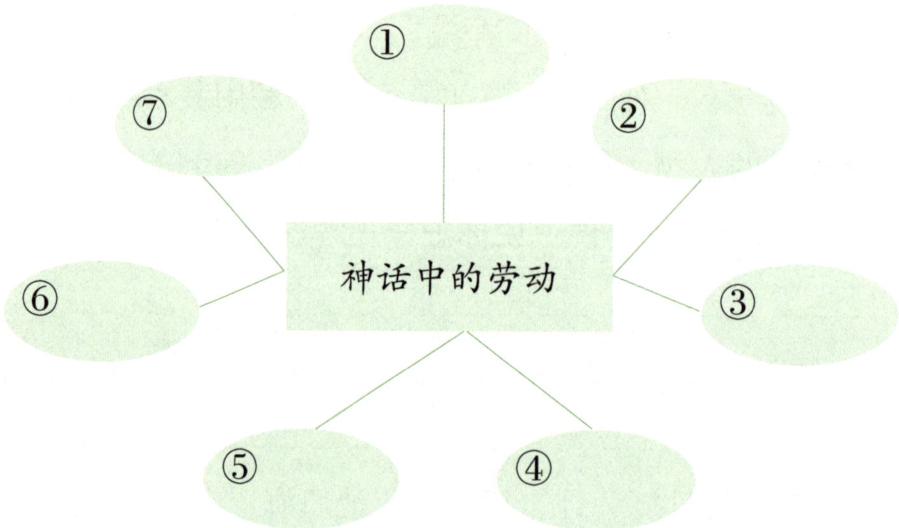

神话中“劳动”的共同点：____________________

____

____

____

4 希腊神话中有一个英雄，名叫普罗米修斯。请你读一读他的故事，和鲧进行对比，说说你有什么发现。

普罗米修斯在希腊神话中是最具智慧的神明之一。他看到人类终年生活在黑暗之中，就从众神之王宙斯那里设法窃走了天火，偷偷地把它带给人类。火使人类成为万物之灵。宙斯因为普罗米修斯肆无忌惮的违抗行为而大发雷霆。他令其他山神把普罗米修斯用锁链缚在高加索山脉的一块岩石上。一只饥饿的恶鹰天天飞来啄食普罗米修斯的肝脏，而他的肝脏又总是重新长出来。他的痛苦要持续三万年，但他坚定地面对苦难，从来不在宙斯面前丧失勇气。最后，大力神赫拉克勒斯解救了他。

5 古语有言：“知其不可为而不为，贤人也；知其不可为而为之，圣人也。”为什么我们的神话中有这么多“知其不可为而为之”的英雄呢？

（北京市东城区灯市口小学　袁日涉／撰写）

参考答案

阅读任务一：整本书阅读

1 示例：两千多年前，古人就对我们生活的世界产生了很多疑问，比如：世界最开始是怎样的？世界刚开始时是混沌的，混沌是什么样的？怎么才能看清呢？天地之间这样复杂的结构，是什么样的工匠开凿的呢？或者说天地是由谁开辟的？古人还有点儿迷信，他们觉得天地一定是由人开辟的。

2（1）示例：这些国度都很美好，人们安居乐业。在仙山上的仙人甚至有一些超能力，他们可以飞翔，还长生不老。

（2）示例：因为这正是当时的人们所不能达到的理想，是他们梦想中的国度，他们把自己的理想投射在神话中。

3 示例：把自己当成远古时代的人，讲出神话的神奇。带着问题读，试着用神话解决远古时代的人们对世界的疑问。

4（1）女娲（2）神农氏

（3）精卫（4）嫦娥

（5）禹（6）仓颉

5 女娲补天　羿射九日　牛郎和织女

6 示例：

人物	“发明”	具体做法
轩辕氏黄帝	衣服、船、桨	发明衣服，送给人们遮体御寒；将又粗又长的木头中间挖空，做成船；把木头劈削成有柄的木片，做成桨。
嫘祖	织布养蚕	用白色线团上缠绕的丝线织成布，然后再制成衣服；带领人们养蚕。
盘古	开天辟地	用巨斧劈开混沌，独自支撑着不让天地合拢，死后身躯化为世间万物。
女娲	造人	将黄泥捏成像自己一样的形状创造了人类。把人分成男女，使他们能够自己繁衍。
女娲	补天	用五彩石炼成的石浆补上天上的窟窿。还杀了一只大龟，用大龟的四只脚做天柱撑起天空。斩杀黑龙猛兽，阻断滔天洪水。
伏羲	发明八卦	根据龟壳上的花纹，悟出天地万物的变化规律，画出八卦图。
燧人氏	钻木取火	到了燧明国，发现一种鸟啄食燧木时会有火光，于是他尝试利用木头进行摩擦，最后得到了火种。
神农氏炎帝	种植作物	神鸟叼来谷穗，炎帝教人们开垦土地，种植和储存粮食。
神农氏炎帝	寻找药材	尝遍百草，知晓药性，对症下药。
神农氏炎帝	开设集市，发明弓箭，制作五弦琴、陶器……	

阅读任务二：文学阅读与创意表达

1 示例：

中国古代神话英雄排行榜		
英雄星级	名字	推荐理由
五星英雄☆☆☆☆☆	羿	无惧触怒天帝，一口气射落了九个殃害人民的太阳。他始终为人民而战斗，令人感动。
	鲧	盗取天帝的息壤来平治洪水，因此触怒天帝，被诛戮在羽山，死后三年尸体都没有腐烂，又从肚子里生出儿子禹来继续完成治水功业。鲧不顾自己的生命安危，救人民于水火之中，是个大英雄。
	禹	打败共工，治理洪水，造福人类。禹具有大公无私的精神，是个大英雄。
四星英雄☆☆☆☆	神农氏炎帝	亲尝百草，救治百姓。
	赤鼻	为了能够给父亲报仇，不畏死亡，亲自割下自己的头颅交给他乡客。
三星英雄☆☆☆	精卫	坚持不懈地填海。
	他乡客	信守承诺，为赤鼻报杀父之仇而甘愿牺牲生命，舍生取义。

2 示例：鲧看到天帝为了惩罚人类而降下洪水，人们生活在水深火热之中，心生同情。他几次劝谏天帝都没能成功，于是不惜盗取天帝的宝物“息壤”来平治洪水。眼看着就要成功，结果被天帝察觉，天帝愤怒地派人将他诛戮在羽山。他死后，尸体三年都没有腐烂，又从肚子里生出他的儿子禹来继续完成他的治水功业。即便生命已经走到尽头，还不忘治水的使命，真是令人感动。所以我觉得他特别执着，执着于理想，执着于为人民谋幸福，是当之无愧的英雄。

3（1）开天辟地（2）女娲补天
（3）钻木取火（4）精卫填海
（5）十日并出（6）八仙过海

4 嫦娥奔月　牛郎和织女

阅读任务三：思辨性阅读与表达

1 示例：神话中的很多情节和人物设定都和现实中的劳动有关联，可以说是劳动影响了神话的创作。

2 示例：

项目	正方	反方
理由（不少于三个）	理由1：为了理想，不懈奋斗，这样的人生有意义，有挑战。 理由2：他们的精神带给后人无穷的力量。 理由3：结果不是最重要的，追寻的过程才是最重要的。	理由1：有的理想永远无法达成，做这些徒劳无功。 理由2：如果连生命都失去了，做这些又有什么意义。 理由3：如果事情本身失败了，过程再精彩也没有用。

3 示例：

①女娲用黄泥造人

②女娲用五彩石熔炼成浆补天，用大龟的四只脚做天柱撑起天空

③神农氏炎帝上山采药，遍尝百草

④羿射掉九日

⑤嫘祖从白色“野果”中发现蚕丝，引导人们养蚕、制丝

⑥仓颉受到鸟兽脚印的启发而创造了文字

⑦宁封没日没夜地钻研，制成陶器

共同点：他们的劳动都有神奇的特点，不同于普通的劳动；他们的劳动与人类劳动又有相似之处，耕种、骑射、养蚕、塑陶等都来源于人类生活。

4 示例：普罗米修斯和鲧都为了人类的福祉盗取了众神之主的东西，一个盗的是火，一个盗的是息壤；都受到了特别严厉的惩罚；都坚韧不屈，坚信自己是对的。不一样的是，普罗米修斯最后被解救了，而鲧却失去了生命，不过他又用自己的全部精魂幻化出下一代，继续完成自己的使命。

5 示例：因为我国古代先民生活在自然环境恶劣、生存条件艰难的时代，严酷的生存现实使古代人们形成了奋发进取、不畏困难的民族精神，百姓也更加尊崇那些为了人民大众敢于斗争、勇于献身的英雄，因此，中国流传的古代神话有很多“知其不可为而为之”的英雄形象。